JOURNAL DE YALDA

Marion Ruggieri est journaliste à *Elle*.

Yalda Rahimi est étudiante à Paris.

YALDA RAHIMI
MARION RUGGIERI

Journal de Yalda

GRASSET

ISBN : 978-2-253-11804-6 – 1re publication LGF

À ma chère maman qui m'a donné l'autorisation de quitter ma famille pour faire loin et seule des études, et à mes sœurs et à mon frère que j'aime plus que tout au monde.

Présentation

[illegible]

[illegible] dans la [illegible] d'enfant [illegible]

[illegible]

[illegible] à mon âge, une fille est mariée, souvent depuis son adolescence.

[illegible], avant mon départ, on m'a offert un cahier avec sur la couverture une montagne enneigée.

Pour y écrire ce que j'ai sur le cœur.

Préambule

Je m'appelle Yalda. J'ai 17 ans et je suis afghane.

Quand j'avais 5 ans, mes parents, mes quatre sœurs, mon frère et moi-même, nous avons fui la guerre et l'Afghanistan.

Nous sommes partis sans rien. Du jour au lendemain. Pour nous réfugier à Islamabad, au Pakistan, où j'ai vécu dans la poussière pendant dix ans.

À la télé, j'ai vu mon pays sombrer dans l'obscurantisme, les femmes réduites à néant par les taliban.

À 15 ans, je suis retournée travailler à Kaboul pour aider ma tante Chekeba, qui y avait fondé une ONG franco-afghane.

Lorsqu'elle et une de ses amies françaises m'ont proposé de poursuivre mes études à Paris, j'ai pensé : c'est la chance de ma vie.

Ma famille a dit oui.

Jusqu'à aujourd'hui, je n'ai jamais pris l'avion, je n'ai jamais vu de femmes sans voile ailleurs qu'à la maison.

Chez moi, à mon âge, une fille est mariée, souvent sans son consentement.

Hier soir, avant mon départ, on m'a offert un cahier avec sur la couverture une montagne enneigée.

Pour y écrire ce que j'ai sur le cœur.

Je mets les voiles

Je ne sais pas comment j'ai enlevé le mien. Je l'ai enlevé c'est tout. Petite, je me disais : jamais je ne le quitterai. J'étais une jeune fille bien élevée. Je me souviens de la première fois où je l'ai porté, j'avais 7 ans. J'allais à l'école de mon quartier, le secteur I-10/1 d'Islamabad, avec ma sœur aînée. Les deux premiers jours, ma mère nous a accompagnées. Puis, elle nous a laissées y aller seules. Quinze minutes à pied qui me paraissaient interminables à cause du soleil de plomb. J'avais un uniforme bleu ciel et blanc. Un pantalon blanc, une tunique bleu clair et sur les épaules, retenu par deux pattes, un petit foulard blanc. Ce jour-là, la directrice nous avait réunies dans la cour, une espèce de terrain vague, sans l'ombre d'un arbre, où il faisait une chaleur écrasante. Nous étions au moins une centaine à faire face à notre école, un vieux bâtiment jaune et blanc. Elle nous a expliqué que, désormais, il allait falloir le porter pendant la classe, par respect. J'étais excitée. C'était comme de manger des bonbons avec une autorisation. Enfin, j'étais une grande, j'allais pouvoir faire comme ma mère, comme mes sœurs, comme une femme. J'en prenais vraiment soin. Je le lavais tous les soirs à cause de la poussière qui se déposait dessus pendant mon trajet. Je ne voulais plus le quitter. Mes sœurs me répétaient que j'aurais tout le temps de le porter et que je serais moins heureuse le jour où j'y serais forcée.

Ce jour-là est arrivé plus vite que prévu. Trois ans plus tard. Le pire jour de ma vie. C'était un matin normal... Je me réveille. Je vais dans la petite cuisine faire chauffer l'eau du thé. Ma sœur aînée se tient près de la porte, elle me demande si j'ai bien dormi, de quoi j'ai rêvé et quelle est cette tache sur ma chemise de nuit. « Une tache ? » Je tire sur ma chemise, me tords le cou et je la vois : rouge, sombre présage. Je ne sais pas ce que c'est. Je me demande si je me suis assise sur quelque chose. J'ai un peu honte. Je n'ose plus bouger. Ma sœur appelle ma mère. J'ai la peur au ventre. En voyant la tache, ma mère se renfrogne : « Tu vas devoir porter le voile à présent ! » Elle m'a dit ça, avant même de m'expliquer quoi que ce soit. Mais je sentais bien qu'elle n'était pas plus contente que moi.

J'avais 10 ans et ces premières règles marquaient la fin de ma liberté. Pour ma mère, c'était une nouvelle responsabilité : celle de me garder, de me tenir. Je ne pouvais plus aller faire les petites courses : acheter des biscuits, des bonbons pour mes sœurs au marché. Je ne pouvais plus jouer avec mes copines dans la rue ou au jardin dans la journée. Je ne pouvais plus rien faire seule. Je devais rester avec mes sœurs et ma mère à la maison, l'unique endroit où je pouvais retirer mon foulard. La seule contrepartie de tout ça, c'était que, lorsqu'elle se rendait chez des amies, ma mère m'emmenait. Je naissais à un monde nouveau, un monde social, un monde de grands, et ma relation avec ma mère s'en trouvait approfondie. Enrichie. J'avais des foulards de toutes les couleurs, assortis à toutes mes tenues. Plus longs que ceux que je portais, petite, à l'école, pour qu'ils cachent mes seins. Je crevais de chaud là-dessous, je transpirais et je n'avais qu'une idée : le retirer ! Et en même temps, je me disais qu'il y avait pire. Comme le tchadri afghan qui recouvre tout le corps, y compris les yeux, au moyen d'un grillage cousu à l'intérieur du tissu. Ou le tchador iranien, trois voiles laissant juste entrevoir le regard, qui se fait beaucoup dans le sud du Pakistan, à Peshawar. Et des foulards qui descendent jusque sous le ventre... que je porterais plus tard.

3 septembre 2003

À l'aéroport de Roissy, donc, je n'étais plus voilée. J'avançais tête nue, le foulard sur les épaules. L'ai-je enlevé volontairement ? Et quand ? À Kaboul, c'est sûr, je le portais. Je me revois encore le tenir d'une main à cause du vent qui soufflait dans cette aérogare où j'avais accompagné tant de gens. Mon départ de Kaboul, le 3 septembre 2003, fut déboussolant. Pour une fois, je ne me contentais pas d'escorter les gens jusqu'au vieil aéroport, j'allais, moi aussi, prendre l'avion. Pendant combien de temps en avais-je rêvé ? À présent, j'y étais ! Dans cette grande salle froide et sombre qui me faisait penser à ma sœur Gina, partie retrouver un mari qu'elle connaissait à peine au Canada, et à ma sœur Mina, partie faire de même aux États-Unis. C'est dans cette salle que j'avais récupéré ma sœur Mariam, mal mariée en Arabie Saoudite, dans un triste état. Elle ne m'avait pas reconnue. Et moi non plus. Enfin, moi un peu plus qu'elle. Il ne se passait pas non plus trois semaines sans que je vienne chercher un membre d'Afghanistan Libre [1], l'ONG de ma tante

1. Afghanistan Libre est une association, fondée et présidée par Chekeba Hachemi, qui vient en aide aux femmes et aux enfants

Chekeba, venu de Paris ou de Bruxelles. Mais cette fois, c'était de moi qu'il s'agissait. Je n'allais pas me marier avec un expatrié, mes parents n'avaient pas d'argent pour m'envoyer à l'étranger – nous avions à peine de quoi survivre au Pakistan. Et pourtant, j'avais un visa français et je ne me lassais pas de le contempler. La veille de mon départ, ma mère, qui était venue par la route d'Islamabad avec mon petit frère, avait organisé une mini-fête. Tous les invités étaient arrivés les bras chargés de petits présents, dont cet agenda, avec une montagne enneigée sur la couverture, où je prends mes notes aujourd'hui. Ils y avaient tous déposé, sur la première page, quelques lignes pour me donner du courage. En les découvrant, j'ai senti ma gorge se nouer et j'ai compris qu'un visa, c'était aussi ça : quitter ma mère, mon frère, tous ces êtres qui sont plus chers à mes yeux que les battements de mon cœur. Comme il était hors de question que je pleure, j'ai filé me coucher. Ma mère m'a rejointe et nous avons passé la nuit à pleurer ensemble.

J'ai 17 ans et qui sait quand je la reverrai ?

L'avion emprunté entre Kaboul et Bakou me fit regretter la voiture toute cabossée de mon père. C'était une vieille carcasse pourrie, un peu du genre de celle qu'on voit, échouée, défoncée, carbonisée en bout de piste à l'aéroport de Kaboul. L'hôtesse portait un uniforme bleu ciel et blanc, comme à l'école, avec un foulard mal ajusté. Le pilote a dit quelque chose, d'abord en dari, puis en anglais. Mais je n'ai rien compris à cause du bruit – et pourtant je parle les deux langues.

---

afghans, en finançant des écoles et des hôpitaux, notamment à Kaboul et dans la région du Panshir.

Je suis arrivée à Bakou, en Azerbaïdjan, à 3 heures de l'après-midi. Fatiguée, affamée, et, je m'en souviens très bien, avec mon foulard sur la tête. Tout de suite, Fahim et moi avons demandé à quitter l'aéroport pour pouvoir dormir en ville, à l'hôtel. L'homme derrière sa guérite a refusé. Et nous fûmes condamnés à poireauter des heures dans ce hall, comme des prisonniers. Ah oui, j'oubliais, Fahim Dasty, qui me chaperonnait, est un ami de ma tante, par ailleurs directeur de l'hebdomadaire afghan *Kaboul Weekly*. Comme d'habitude, il portait ses mitaines en cuir marron glacé dont il ne se sépare jamais. Né dans le Panshir, Fahim était un intime du commandant Ahmed Shah Massoud. Il était avec lui le jour où un kamikaze se fit exploser dans son bureau. Le Lion du Panshir fut mortellement blessé et Fahim, miraculeusement rescapé, eut les mains brûlées et un œil abîmé. Depuis, il semble s'être détaché d'un bon nombre de contingences matérielles. Recroquevillé sur son fauteuil en plastique, il a dormi comme un mort toute la nuit qu'a duré notre escale en Azerbaïdjan. Moi, non. J'avais trop peur.

Je me suis donc retrouvée seule à errer dans l'aéroport où il n'y avait que des boutiques fermées vendant des produits que je n'avais jamais vus de ma vie : du café, des paquets de cigarettes, de l'alcool et d'étranges sous-vêtements pour dames, pleins de dentelles, que j'osais à peine regarder. Je me suis assise au milieu du hall, sur un banc d'où je pouvais contempler le ballet des hôtesses en petites jupes et hauts talons trottant d'un couloir à l'autre, et celui des femmes de ménage. Derrière moi, des Afghans se demandaient ce que faisait une fille de Kaboul avec un homme du Panshir...

Le temps passe lentement sur un banc. À 9 heures du matin, on est venu m'apporter un sandwich, auquel nous avions droit, semble-t-il. Mais un vieil homme, un *baba*, comme on les appelle chez moi, m'a dit que c'était du porc. Drôle de spectacle que de voir tous ces Afghans manger du porc et boire du vin. Certains étaient totalement éméchés et racontaient des histoires de filles comme je n'en avais jamais entendu chez moi. Je regrettais Kaboul. Je ne connaissais pas la prison, mais je me doutais que cela devait ressembler à cet endroit.

Les communistes

Autant dans l'avion j'avais l'impression d'être à la maison, autant à Bakou je me sentais en terre ennemie. J'ai mes raisons.

Les communistes, soutenus par l'Union soviétique, ont pris le pouvoir en Afghanistan en 1979. En dix ans de régime communiste, 1,5 million d'Afghans a trouvé la mort et 6,2 millions de personnes ont fui le pays. Soit plus de la moitié de l'ensemble des réfugiés dans le monde. L'arrivée des Russes, d'après ce que j'en sais, n'a pas freiné l'émancipation des femmes d'un certain milieu. Ma mère, par exemple, qui était d'une famille bourgeoise, pouvait sortir, étudier, travailler, s'habiller en tailleur en toute liberté. Je me souviens très bien – et pourtant j'avais 3 ans – de l'odeur de son parfum lorsqu'elle allait au cinéma voir des films indiens. Des films français aussi, avec Alain Delon. Après avoir été prof, elle avait été promue directrice d'une école mixte. Un poste à responsabilité. Certains pensent d'ailleurs que c'est la liberté relative dont jouissaient les femmes à cette époque qui a précipité la chute des communistes.

Pour les hommes, en revanche, c'était une autre paire

de manches. Chaque jour il en disparaissait. On ne savait pas s'ils étaient morts ou vivants. Les Soviétiques les fauchaient dans la rue. Officiellement pour en faire des soldats. Officieusement... les pires histoires circulaient. On enterrait les garçons vivants, jusqu'au cou, pour les décapiter ou leur défoncer la tête sous les roues d'un camion. Chaque famille portait le deuil. Et encore aujourd'hui, on ne compte plus ces ombres aux yeux fatigués, dont les maris se sont évaporés, et qui ignorent si elles sont veuves ou pas. Tout homme en âge de se battre était réquisitionné. Les communistes débarquaient dans nos maisons comme s'ils cherchaient un coupable. Mes oncles se cachaient où ils pouvaient : dans les fours, dans la cave, ou dans les silos à farine. Mais ils finissaient tous par se faire prendre. Un jour, mon père fut capturé, lui aussi. Il fut soldat pendant six mois, et, grâce à ses relations, obtint un poste dans l'administration. Mon père était de ceux qui pensaient que les moudjahidin, les guerriers fondamentalistes, viendraient nous sauver, bouter les Soviets hors du pays. Et qu'il fallait rester pour les y aider. Il n'avait pas tort. En un sens.

Sous les communistes, un homme n'avait que deux solutions : la reddition ou l'exil. La plupart de mes oncles choisirent la seconde option, qui n'était pas non plus sans danger, et trouvèrent refuge en France, où leur frère Zaher s'était marié et installé avant la guerre. Ils fuyaient à cheval, à pied, ou à dos d'âne, via la « Khaiber Pass », ce goulet d'étranglement qui mène à travers les montagnes afghanes aux zones tribales du Pakistan. Une zone d'ombre, contrôlée par les Pachtounes, célèbre pour avoir abrité Oussama Ben Laden et les taliban. Parfois, nous perdions les traces de mes oncles pendant deux ans. Leur destin basculait d'une minute à l'autre. L'un d'eux, qui vivait à Kaboul, avait ainsi été prévenu, dans la rue, par un émissaire de sa mère, que les soldats le cherchaient. Il a quitté la ville sur-le-champ. Sans argent, sans bagage, sans un au revoir. Il dormait dans les mosquées, un des rares endroits où l'on était vaguement sûr de trouver la paix. Il marchait la nuit pour ne pas attirer l'attention des soldats, les hommes seuls étant, au choix, des fugitifs ou des moudjahidin. Dans les deux cas : des cibles. Et finit par y arriver.

Il y eut aussi l'histoire de ma tante Chekeba, devenue célèbre dans ma famille et au-delà. Ma grand-mère maternelle avait douze enfants. Six garçons et six filles, dont Tante Chekeba était la cadette. Cinq des garçons étaient déjà passés en France, quand il fut question du départ de ma grand-mère, gravement asthmatique, et de sa plus jeune fille, ma tante, âgée de 11 ans. La décision fut prise, comme d'habitude, au dernier moment, et l'on ne vendit pas la maison, afin de ne pas éveiller les soupçons. Ma grand-mère et ma tante furent emmenées en voiture jusqu'à Jalalabad, ultime grande ville avant la frontière pakistanaise. Là, le passeur leur ordonna de ne plus se laver pendant quatre jours, seul moyen de se déguiser en nomades à peu près crédibles. Ce délai passé, toutes deux revêtirent d'amples robes et de vieilles sandales avant d'embarquer dans un bus en direction de la Khaiber Pass. Chacune avait un passeur différent et pour ordre de ne rien dire au cas où elle se ferait arrêter. Au poste-frontière, on avait l'habitude des nomades, qui vivent en grand nombre de l'autre côté des montagnes, à Peshawar. Mais quand une soldate russe sourit à ma tante, celle-ci ne put s'empêcher d'en faire autant. Elle n'avait que 11 ans ! Erreur fatale : jamais une paysanne n'aurait souri à un étranger, fût-ce une étrangère. Ma tante fut donc arrêtée et extirpée du bus, sous le regard médusé de ma grand-mère qui ne fit rien, comme on le lui avait recommandé. Le passeur de ma tante, sorti à son secours, lui dit alors qu'elle n'avait qu'une solution : s'enfuir à son signal et courir se réfugier dans le ruisseau jusqu'à ce qu'il la retrouve. Ce qu'elle fit, en plein jour, et sous une rafale de balles. D'après elle, son passeur, qui avait déjà touché pour son job la moitié de sa paie – l'autre moitié étant versée à l'arrivée –, avait dû négocier le coup avec les soldats soviétiques. Quoi qu'il en soit, à la nuit tombée, il la retrouva saine et sauve, elle et d'autres fugitives, et l'entraîna dans une longue marche à travers les montagnes qui devait durer quinze jours. Ma tante dormait dans les étables, dans des campements nomades, ne mangeait rien, en bonne petite citadine dégoûtée par l'odeur des mets qu'on lui proposait, et trébuchait dans sa robe trop longue, les pieds ensanglantés. Personne ne lui parlait. Aux montagnes succédaient les montagnes. Où pouvait bien être sa mère ? Elle marchait le jour, prenant garde aux rondes d'hélicoptères qui survolaient la frontière, pleurait la nuit. Un soir, le passeur la prit à part et lui dit ceci : « Si tu ne veux pas suivre, cela m'est complètement égal. Je dirai à Peshawar que tu es morte dans une attaque d'hélicoptères, ce sont des choses qui arrivent. Je pourrais même te vendre ici : je trouverais certainement acquéreur pour une jeune fille de Kaboul[1]. » Cet homme n'était pas forcément mauvais. À force, il avait juste oublié le prix de la vie. Il transportait ma tante comme une marchandise. Ni plus ni moins. C'est à cet instant précis, je crois, que Tante Chekeba devint adulte et trouva sa voie. Elle a fini le voyage à dos d'âne. Puis en Jeep jusqu'à Peshawar, où l'attendaient ma grand-mère et mon oncle. Trois semaines plus tard, ils étaient dans l'avion pour Paris.

Ça y est, ça me revient ! C'est dans l'avion pour Paris, je crois, que mon foulard a glissé sur mes épaules pendant que mon voisin m'expliquait patiemment comment marchaient les boutons de l'accoudoir. Je me suis endormie. Et puis plus rien. Paris.

---

1. Lire aussi *Femmes d'Afghanistan* d'Isabelle Delloye (éd. Phébus).

4 septembre 2003

Paris ! J'ai posé mon pied sur le sol français à 12 h 30, très précisément. Ma première pensée a été de me dire que Paris n'avait rien à voir avec Kaboul. Les couloirs de l'aéroport sont propres, avec de grandes baies vitrées intactes et des plantes vertes un peu partout. Un quart d'heure plus tard, aux douanes, je me suis dit que Paris n'était pas si différent que ça de Kaboul. Ainsi, nous étions plus d'une centaine de passagers à nous presser contre une cabine où un gendarme se chargeait, seul, d'examiner l'ensemble de nos passeports. Ce qui le rendait d'une inefficacité assez redoutable, même si la France a ce gros avantage sur l'Azerbaïdjan : on ne vous regarde pas comme un criminel sous prétexte que vous êtes afghan ! À peine arrivée, j'ai fait la découverte d'une nouvelle machine. Derrière les douanes, je me suis retrouvée nez à nez avec un escalier qui bouge tout seul. « Mais où vont les marches ? », ai-je demandé. Fahim m'a dit de ne pas m'inquiéter : la première fois qu'il en avait pris un, il était tombé. Voilà qui était rassurant. J'ai passé cinq bonnes minutes à observer comment les autres s'y prenaient, tandis que certains râlaient parce que je bouchais le passage et me fixaient avec de gros yeux exorbités. J'avais le cœur qui battait, la tête bourdonnante. Puis j'ai pensé : s'ils y arrivent, pourquoi pas moi ? Je me suis lancée. Le temps de récupérer mon pied en équilibre entre deux marches, et j'ai compris que le départ ne serait rien, en termes de difficulté, comparé à l'arrivée. À mesure que je voyais les marches disparaître, mon assurance en faisait autant. Trop tard pour faire machine arrière. J'ai poussé un cri qui a fait rire des enfants, j'ai sauté en l'air, en priant, et l'escalier m'a recrachée. Indemne.

L'aéroport de Paris ressemble à un immense supermarché de luxe : il y a des boutiques qui vendent de tout, des bars, des restaurants, des cafés, des librairies, des pharmacies et des gens qui viennent de partout. Ça m'a serré le cœur de comparer cet endroit, bien plus grand que je ne l'aurais jamais imaginé, au vieil aéroport de Kaboul avec ses gendarmes en uniforme élimé et ses machines créées bien avant ma naissance. Tout d'un coup, j'ai eu le mal du pays. Collée à ma valise, je me suis arrêtée de marcher. J'ai regardé autour de moi, dans l'espoir de tomber sur quelque chose de familier. Mais je ne voyais que des corps pressés. Quelqu'un m'est rentré dedans. A dit : « Désolé ! » Et puis, elle est apparue. J'ai d'abord aperçu ses cheveux roux, mais cela a suffi à m'apaiser. Juliette, l'amie de ma tante chez qui je devais habiter, est venue me chercher. Cela m'a fait bizarre de la découvrir en jean, t-shirt et lunettes noires, elle que je n'avais connue qu'en tunique et foulard, lors de ses divers séjours en Afghanistan. Nous avons pris un thé, mon premier thé à Paris, puis nous avons marché tout droit vers ce que je pensais être la sortie. C'est alors que Juliette m'a tirée dans une pièce avec plein d'autres gens. Les portes se sont fermées et j'ai paniqué. La pièce s'est mise à descendre. J'ai eu un haut-le-cœur. Je sentais les chariots contre mes mollets. Finalement, les portes se sont ouvertes dans un soubresaut, au mauvais endroit, paraît-il, à cause de moi : j'avais sans le vouloir appuyé sur un des boutons de ce qu'on appelle un « ascenseur ». Une grosse boîte qui trimbale ses passagers de bas en haut et de haut en bas. Les immeubles doivent être bien hauts pour que tout le monde se mette en quatre afin de ne pas avoir à les gravir à pied. En une heure, j'en étais déjà à ma deuxième machine à éviter les escaliers. Nous sommes finalement arrivées au parking, une espèce de gigantesque plaine réservée aux voitures qui, chez nous, dorment habituellement dehors. Juliette a appuyé sur un bouton qui a ouvert les portes de son auto dans un bruit de poulet qu'on égorge, et je me suis spontanément glissée du mauvais côté, à la place du conducteur au lieu de celle du passager, comme dans les modèles anglais. Nous sommes passées devant une énième machine que la fatigue m'a empêchée de bien comprendre. Disons qu'elle fait monter et baisser les barrières à condition d'y glisser une carte. Et puis la route s'est offerte à nous. Une immense voie, très stable, bordée de panneaux publicitaires géants. Il faisait beau et chaud. Je ne comprenais pas leur signification, mais comme je parle moyennement le français et que Juliette baragouine très mollement l'anglais, je n'ai pas insisté.

5 septembre 2003

Où suis-je ? À Kaboul, c'est le soleil qui me tire du sommeil. Là, il fait noir comme dans un chaudron. Je ne suis pas en Afghanistan ni au Pakistan. Réfléchissons. Le départ... l'avion... ce n'est pas un rêve : je suis bien à Paris ! Dans ma chambre, chez Juliette. Sortir ? Je n'ose pas. Il va bien falloir. Il est 7 h 30 du matin et j'ai faim. Juliette a une jolie maison. Elle me l'a fait visiter hier, dès mon arrivée. On entre par un salon blanc, avec un canapé. On descend quelques marches pour arriver dans la salle à manger, au sous-sol, qui jouxte une petite cuisine. Là, elle m'a montré comment se servir de la machine à laver la vaisselle, pratique. Je lui ai demandé s'il fallait faire chauffer l'eau pour alimenter la machine à laver le linge comme au Pakistan. Visiblement, non. Mais elle m'a recommandé de me laver les mains chaque fois que je rentrais. Je crois que Juliette a peur des microbes. La salle de bains a une baignoire ! Bien sûr, j'en ai déjà vu, mais je n'ai jamais testé. Au Pakistan, seuls les riches peuvent s'offrir une baignoire. Et en Afghanistan, ça existe, mais il n'y a pas assez d'eau pour les remplir. Après, nous sommes montées dans la chambre de son fils, au premier. Je n'en croyais pas mes yeux. Non seulement Benjamin a une chambre pour lui tout seul, à 12 ans, mais, en plus, il a une chaîne stéréo, des CD, un ordinateur, un bureau, des jouets... J'imagine la tête que ferait mon petit frère, qui a 11 ans, en découvrant cet endroit. Chez moi, nous dormons tous dans la même pièce (à l'exception de mon père) et notre seul trésor est une vieille télé ! Alors que je regardais ses photos, j'ai entendu un bruit effrayant dans mon dos. J'ai sursauté et qu'est-ce que j'ai vu : une tortue ! Beurk ! Les tortues, c'est fait pour les rivières, non ? Nous sommes passées par la chambre de Juliette et redescendues à la mienne qui se trouve juste derrière le salon, au rez-de-chaussée. Elle a tout ce qu'il faut, un lit en hauteur et, dessous, un bureau. Juliette m'a donné la chambre de sa fille qui a quitté la maison pour finir ses études de médecine. « Comme ça, on ressemblera de nouveau à une famille ! »

Voilà ma nouvelle vie. C'est donc à cet environnement qu'il va falloir que je m'adapte. La maison, en soi, ressemble un peu à la mienne. Si j'exclus la tortue. Elle est juste beaucoup plus grande. Et il y a beaucoup plus d'objets. Je pense à ma mère. J'ai hâte de tout lui raconter. Pour ce premier petit déjeuner, je bois du thé noir, parce qu'il n'y a pas de thé vert et qu'ici tout le monde aime le café. Pour accompagner le thé, il y a de la « baguette ». Un long pain rigolo, très loin de notre modèle, large et plat, qu'on achète juste avant de le manger si bien qu'il est toujours chaud, et parfois même grillé ! Hier, gentiment, Juliette avait invité pour le dîner des gens que je connaissais. Histoire de ne pas trop me dépayser. Un Afghan et mon amie Aurore, que j'ai rencontrée à Kaboul. Le dîner s'est bien déroulé, mis à part le menu : « tarte au crabe ». Beurk. J'ai repensé à la tortue et je n'ai pas osé toucher à mon assiette, en faisant semblant d'être fatiguée pour ne pas heurter Juliette. À la place, j'ai joué avec ma fourchette. Chez nous, traditionnellement, on mange par terre avec la main droite (la gauche sert aux ablutions et à se laver le derrière avant la prière !). Mais, dans ma famille, on a l'habitude des couverts. Je me demande si je ressemble aux Occidentaux qui, à Kaboul, mangent avec les doigts pour faire comme les locaux. Dans un premier temps, ils s'en mettent partout, ont du gras plein les mains, du riz sur le pantalon, parfois même dans la manche, et quémandent une serviette en papier – las ! désespérés, ils finissent par se rabattre sur la première petite cuiller qui traîne en se léchant les doigts pendant toute la fin du repas.

6 septembre 2003

Aujourd'hui, pour ma première sortie dans Paris, nous allons à une réception officielle, qui se tient au ministère des Finances, en l'honneur d'un nouveau timbre à l'effigie du commandant Ahmed Shah Massoud. Qu'est-ce que je vais bien pouvoir mettre ? Une tunique pakistanaise ? Non. Ces chaussures ? Non plus. Ce jean ? Encore moins. Sa couleur fait rire Benjamin. Il l'appelle mon jean « Neige ». En Afghanistan, ma valise semblait parfaite et, ici, elle ne ressemble plus à rien. En tout cas, pas à ce que j'ai vu dans la rue. Même ma manière de ranger mes chemises (je les plie en deux) semble intriguer Juliette – qui rabat d'abord les manches. Devant mon air dépité, elle m'a prêté un ensemble tailleur-pantalon gris de sa fille que je trouve très chic. Elle m'a aussi donné un petit téléphone portable pour pouvoir me joindre et que je puisse l'appeler à toute heure si je me perds. Juliette s'inquiète. Avant d'arriver à la réception, elle a voulu me montrer un lieu où je pourrais toujours me réfugier, a-t-elle dit, « si j'avais un problème dans la rue ». Tout en parlant, elle est entrée dans un endroit plein d'hommes et de fumée. Je suis restée à l'extérieur. Paralysée. Quand elle s'est aperçue que je ne la suivais plus, elle m'a appelée : « Viens, c'est juste un café ! » Avec des hommes ?

Nous sommes arrivées au ministère et, pour la première fois de ma vie, je me suis sentie totalement nue. Jamais je ne m'étais trouvée en face d'Afghans, la tête découverte. Je n'étais pas tant gênée pour eux – ils voient tous les jours des femmes sans voile. Mais pour moi. Il y avait du beau monde et des gens très bien habillés : les ambassadeurs d'Afghanistan en Belgique et en France, le frère du commandant Massoud, des diplomates, une femme politique, et ma tante. J'étais si heureuse de la voir ! Tante Chekeba n'arrête pas de voyager entre Bruxelles, où elle travaille, Kaboul et Paris. C'est pour ça qu'elle ne peut pas m'héberger. Aussi, quand son amie Juliette, qui vient souvent en Afghanistan pour son métier (elle est journaliste), m'a proposé d'habiter chez elle, je n'ai pas hésité : Juliette et ma tante sont inséparables ! Elles sont plus proches que ne l'est ma tante de ses frères et sœurs. Y compris ceux qui habitent ici, dans ce pays. Car le plus étrange, dans tout ça, c'est que j'ai de la famille en France que je ne connais presque pas...

Ma famille maternelle

Entre ma famille et la France, c'est une longue histoire d'amour. Mais je vais tenter de faire court. Ma mère porte un nom connu et respecté en Afghanistan. Les Hachemi descendent du Prophète. Ce sont des gens clairvoyants, éduqués. Mon grand-père maternel était ce qu'on appelle ici un « self-made-man ». Un intellectuel, issu d'une famille de propriétaires terriens, qui fut tour à tour ministre des Travaux publics, gouverneur de Hérat, puis de Kandahar. Ma grand-mère, elle, appartenait à la bourgeoisie de Kaboul. Son père travaillait dans le commerce et elle avait été en classe jusqu'à l'âge de 12 ans, avant de poursuivre ses études chez elle, auprès d'un précepteur, comme cela se faisait dans les bonnes familles. C'est mon grand-père qui l'a choisie pour épouse. Elle avait 15 ans et déjà du caractère. Il en avait beaucoup plus et déjà deux enfants. Ils s'installèrent dans leur propre maison, une attitude assez moderne pour le Kaboul des années 50, et ne voulurent dépendre de personne, pas même de leurs (belles-) familles respectives. Ils s'aimaient beaucoup, se disputaient tout autant, et eurent douze enfants : six garçons, six filles. Tous allèrent à l'école. Mon grand-père avait une passion pour la France. Et caressait le rêve d'y envoyer un jour ses enfants parfaire leurs études. Il ne se doutait pas que le destin se chargerait d'accomplir son vœu, à sa manière... Les garçons allaient en classe à Esteqlal et les filles à Malalaï, les deux lycées français de Kaboul. Il faut savoir qu'à l'époque, la France représentait le nec plus ultra de l'enseignement en Afghanistan. Les membres de la famille royale et toute l'élite afghane confiaient leur progéniture aux lycées français. Ceux-ci, directement financés par l'État français, enseignaient du primaire à la terminale. Après des années de fermeture, Malalaï a réouvert ses portes en 2002. Mais les professeurs sont afghans et je doute que le français retrouve jamais la place qu'il occupait autrefois.

Ma grand-mère raffolait des mondanités, elle avait le même couturier que la reine et n'en était pas peu fière. Elle fréquentait essentiellement les gens de sa classe et avait une idée assez arrêtée de l'éducation que devaient recevoir ses filles. Pour elle, les études revêtaient certes de l'importance, mais une femme était d'abord une mère, sachant tenir une maison, maîtrisant les règles de ce qui se fait ou ne se fait pas. Mon grand-père, paradoxalement, attendait davantage de ses filles que de ses garçons. Il était strict avec ces derniers et aimait discuter avec ses protégées. Pour lui, le mariage était secondaire, les études, supérieures, le respect des autres classes, primordial. Le mariage de sa fille aînée fut un désastre ! Ma grand-mère avait tout arrangé, comme le veut la coutume. Elle avait accueilli favorablement la demande de la future belle-famille de sa fille. Mais ils n'étaient pas d'accord sur le choix de l'élu. Pour leur seconde fille, il en fut tout autrement.

Elle tomba folle amoureuse d'un Ouzbek, issu d'une famille du nord-ouest de l'Afghanistan. Comme il était brillant, il partit faire ses études aux États-Unis et fut promu, à son retour, chef de service au ministère des Affaires sociales, où travaillait ma tante. Mon grand-père aimait tellement son nouveau gendre qu'il prit tout le mariage à sa charge, comme si c'était son propre fils ! Car c'est à la famille du marié de payer la cérémonie. Aujourd'hui, tous deux vivent à New York depuis plus de vingt ans, où ils sont fonctionnaires. Je n'ai jamais vu mes cousins, mais il paraît qu'ils ont les yeux légèrement bridés, comme les Ouzbeks.

Toutes mes autres tantes se sont mariées à l'exception de la cadette, Tante Chekeba, qui a tout de même vingt ans de moins que l'aînée. Deux d'entre elles habitent en Allemagne. Mes six oncles, eux, vivent en France. Oncle Zaher est tombé amoureux d'une touriste française, une enseignante, qui visitait notre pays. À l'époque, dans les années 70, l'Afghanistan était plein d'Occidentaux, des hippies. Ils se sont mariés en France, où il vit encore aujourd'hui. Oncle Alexandre, lui, a obtenu une bourse pour faire ses études ici juste avant le coup d'État communiste. Il est devenu ingénieur. Mes autres oncles ont rejoint leurs frères, au fil des guerres.

Mon grand-père est mort un an avant le coup d'État communiste. Il n'aura jamais vu la France. Et j'ai la chair de poule rien que d'imaginer le plaisir, la fierté qu'il éprouverait à nous savoir ici. Ma grand-mère est morte d'une maladie des poumons le 27 janvier 2002 à l'hôpital de Clamart, près de Paris. Elle avait 65 ans. Et les taliban, vaincus, quittaient tout juste l'Afghanistan.

7 septembre 2003

Aujourd'hui, j'ai déjeuné « en terrasse ». Une pratique déconcertante. Chez nous, il serait totalement incongru, voire inconvenant, de manger dehors. D'abord, parce que c'est pollué. Ensuite, parce que c'est interdit aux femmes. Au restaurant, les Afghanes doivent manger cachées. Elles ont un espace (un peu comme ici les fumeurs) qui leur est réservé. Il est séparé du reste de la salle par d'épais rideaux et aucun homme n'a le droit d'y pénétrer à l'exception des maris ou des membres de la famille. Du coup, je me sentais moyennement à l'aise, assise sur ma petite chaise, avec l'impression que tout le monde me regardait. Et quand le serveur est arrivé pour nous tendre le menu, j'ai failli en tomber à la renverse : c'est cher ! On pourrait régaler toute une famille afghane avec le prix d'un « panini ». J'ai parcouru la carte sans fin, pour y trouver le plat le plus abordable, et c'est Aurore qui nous a finalement invitées. Je ne voulais pas, mais elle a trop insisté. Aurore a 26 ans et un rire communicatif. Elle est aussi blonde que je suis brune. Et ses yeux ont la couleur du ciel, alors que les miens sont noirs comme la terre. Je l'ai rencontrée à Kaboul où elle a travaillé pendant deux ans et demi. Nous sommes devenues de vraies amies le jour où elle m'a acheté des serviettes hygiéniques sur Flower Street. Je n'osais pas entrer dans le magasin, qui était tenu par un homme, comme toutes les boutiques de la ville à l'exception des salons de coiffure. Alors je suis restée dehors, cachée derrière la porte, pendant qu'elle payait. Ce matin-là, Aurore m'a dit que je n'avais pas à avoir honte de moi. Et j'étais loin de me douter qu'un jour je la retrouverais ici.

Après déjeuner, nous sommes allées faire des courses. C'est ainsi que je me suis retrouvée dans le métro, que je considère comme la plus grande invention de cette ville. La réputation du métro parisien a depuis longtemps atteint les montagnes afghanes. Un jour, Julie, une amie française de passage à Kaboul, m'a même donné un carnet de tickets, pour plus tard, en m'expliquant comment ça marchait. À l'époque, je n'avais rien compris. Aujourd'hui, j'ai tout fait comme Aurore. Le ticket, la porte en fer, les couloirs, le monde et cette grosse voiture. Cela m'a fait vraiment plaisir de constater, une fois de plus, l'égalité qui règne ici. En Afghanistan, une femme ne peut pas s'asseoir à côté d'un homme. Dans un taxi, elle prend place à l'arrière. Et dans le bus, à l'avant. Un rideau, comme au resto, la sépare du reste des gens. Et quand, par malheur, un homme se place près d'elle, il lui faut bouger sur-le-champ. Sinon, c'est le déshonneur. Là, je peux m'asseoir où je veux et n'importe qui peut s'asseoir à côté de moi. La voiture gronde, s'engouffre sous terre, on ne voit pas le conducteur. C'est la liberté. Je suis grisée, je profite de chaque seconde, tandis qu'Aurore me montre où nous allons sur le plan. Paris est à portée de main. Les rues portent des noms, les immeubles des numéros, les quartiers se regroupent en arrondissements. Pas comme chez nous, où les rues sont anonymes, orphelines, où les numéros ne se suivent pas, et vous font perdre la tête, où il faut mentionner qu'on est près du ministère truc, de l'école machin, du parc chose, juste à côté de chez telle célébrité de quartier, et où l'épicerie et le four à pain sont les seules boussoles fiables. Non. Le métro mène à tout. Reste à savoir si je m'en sortirai seule.

H & M, Châtelet-Les Halles. Impossible de décrire ce lieu. Imaginez des tonnes et des tonnes de vêtements, si étroits qu'ils ont l'air d'être taillés pour des enfants : des mini-jupes, de petites robes sans manches, décolletées dans le cou, dans le dos, partout. Du tissu autour de trous. Des habits qui découvrent. Rien que de les regarder, j'en suis gênée. Hors de question que je porte ça ! Jamais ! Même pas en rêve ! Et pourtant, ça y ressemble : toutes ces couleurs me rappellent celles des films indiens. Pas comme en Afghanistan où les vêtements de confection sont, au choix, noirs ou blancs, noir et blanc, ou dans des teintes si moches qu'on se prend à regretter le noir. Là-bas, c'est l'exact opposé d'ici : il est très compliqué de trouver du prêt-à-porter, et c'est très cher. Tout le monde se fait faire du sur-mesure. Surtout les pauvres. On achète le tissu dans une boutique spécialisée – les marchés en regorgent – et on l'apporte chez le tailleur. Il faut compter dix jours minimum pour avoir une robe, mais on la garde à vie.

Aurore m'a conduite derrière un rideau blanc. Je me suis demandé ce que je faisais là et, quand elle m'a dit d'essayer les vêtements, j'ai cru défaillir. Me déshabiller ? Ici ? Aurore m'a patiemment expliqué que c'était dans mon intérêt de savoir si le modèle m'allait – je ne connaissais pas ma taille ni mon poids ! – et que tout le monde le faisait. En effet, je pouvais voir derrière certains rideaux mal fermés des filles en chaussettes et culotte en train de tirer sur leur pantalon. Parfois, il y avait une copine avec elles, parfois un copain... La tête me tournait. Arriverais-je un jour à m'adapter ? J'ai donc pris mon courage à deux mains, en même temps que mon pull, afin de l'enlever pour essayer une robe par-dessus mon jean et ma chemise, ce qui m'a permis de garder mes chaussures et un peu de dignité. J'avais l'air d'une *bibi*, ces grand-mères qui mendient parfois en bas de chez moi, mais ça m'a bien plu quand même. Bien sûr, il faudra que je porte quelque chose en dessous. J'ai donc pris un t-shirt, un pull, une jupe, une veste, une chemise, rien que des habits qu'on n'a pas trop à essayer ! J'ai aussi choisi une paire de baskets, des chaussettes, et un jean. Le jean, en revanche, il a bien fallu s'y glisser. En France, tout le monde est en jean, c'est le meilleur moyen de ne pas se faire remarquer. Je me suis donc soumise à cet essayage, comme à un rite d'intégration, un passage obligé. Le premier modèle était trop étroit, impossible d'y glisser une cuisse. Un bras, à la limite ? Le deuxième était carrément trop large, la vendeuse m'avait prise pour un éléphant. « C'est comme ça que ça se porte ! », m'a expliqué Aurore. Le troisième était mal coupé : il ne montait pas assez haut et avait 40 cm de trop à chaque jambe. Ça me faisait un interminable buste et deux petites pattes. Il paraît qu'on appelle ça un « taille basse ». Finalement, j'ai opté pour un modèle sans autre particularité que celle de m'aller. C'est fou, je n'aurais jamais cru qu'il y avait tant de jeans différents. Vu de l'extérieur, ils se ressemblent tous.

À la caisse, j'étais une fois de plus horrifiée par les prix. J'ai dit à Aurore que j'allais marchander : diviser le total par trois, pour trouver un terrain d'entente à la moitié. Elle a piqué un fou rire : « C'est pas les puces ici, les prix sont indiqués ! – Les puces ? » J'ai rougi. Le prix de mes achats revenait exactement à un mois de loyer en Afghanistan. Mais j'étais heureuse ! Honteuse et heureuse. Pour la première fois de ma vie, j'avais plein de vêtements neufs et pas seulement ceux de mes sœurs aînées. Un sac entier ! Je le tenais bien serré contre mon cœur comme si mon avenir en dépendait.

La fuite de Kaboul

Lorsque nous avons fui l'Afghanistan, en 1991, nous n'avions que nos vêtements et pas un sou en poche. Nous pensions revenir très vite, et nous allions chèrement payer cette utopie. L'ère communiste, comme je l'ai dit, n'était pas vraiment une sinécure. Tous les soirs, avant chaque repas, nous avions pris l'habitude (où ? je ne sais pas) de prier, mains jointes, comme des chrétiens : « Dieu, faites que les moudjahidin viennent le plus vite possible ! » Et puis, un soir, ils sont venus. J'avais presque 5 ans et je m'en souviens parfaitement : la première déflagration, le grand miroir de la salle à manger qui tremble, mes mains sur les oreilles. Ma mère qui nous traîne de force à la cave. Une bombe était tombée pas loin de chez nous. La première d'une longue série... Au petit matin, personne n'osait sortir de la cave, qui allait devenir notre lieu d'habitation principal, jusqu'à ce que mon père nous annonce fièrement que c'étaient bien eux, les moudjahidin ! Nous étions si heureux. Cela faisait tellement longtemps que nous les espérions, ces héros qui allaient enfin libérer l'Afghanistan du joug soviétique. Et puis, très vite, on a déchanté. En six mois de guerre civile, de combats incessants entre les différentes factions de moudjahidin, la ville s'est vidée. Fuir est devenu la principale préoccupation des gens. Il n'y avait plus rien à manger. On avait de l'argent, mais rien à acheter. Les étals étaient déserts, les marchés abandonnés. L'école a fermé. Il était devenu impossible de bouger de la maison. Le matin, ma mère nous donnait du pain *silo*, de la vieille mie dure et rassie, qu'elle gardait précieusement. Cela nous faisait la journée. Le soir, on se barricadait dans la cave. Mais mon père se refusait à partir : « Les moudjahidin vont nous sauver », disait-il. Il n'en démordait pas. Lui et ma mère se disputaient tout le temps à ce sujet.

Nous habitions Shar-e-Naw, un quartier chic, résidentiel, sur la rive nord de la rivière Kaboul, avec de grandes maisons, bordées de jolis jardins. Dans le nôtre poussaient des pommiers, des poiriers et même un abricotier... Un vrai paradis avec ses fleurs, sa vigne, son puits, et des ruisseaux pour irriguer le potager. Notre maison s'élevait sur deux étages, il y avait de grandes fenêtres, des miroirs partout, des chambres, des cuisines et même une véranda d'où l'on voyait le jardin avec ses airs de campagne... Mais chaque jour qui passait nous éloignait un peu plus de cet éden. Tous les gens du quartier s'en allaient. Les riches partaient en Allemagne ou aux États-Unis. Les pauvres, au Pakistan et en Iran. Nous étions les derniers à rester. À chaque bruit, chaque craquement dans la maison, nous filions à la cave : la peur que quelqu'un ne cherche à entrer pour nous dépouiller, puis nous tuer. C'était classique. La faim nous tiraillait. J'avais 5 ans, mais je me rappelle très bien cette horrible faim. L'estomac a de la mémoire pour deux.

Ma mère a accouché de mon petit frère, le dernier de ses six enfants, le jour de l'entrée des moudjahidin dans Kaboul. Le 21 juin 1991, à 8 heures du matin. Elle était l'unique patiente de l'hôpital. Une bâtisse fantôme, où erraient les rares médecins qui n'avaient pas pris leurs jambes à leur cou. Malgré cela, elle garde encore aujourd'hui un bon souvenir de son accouchement. Ma mère ne voulait pas beaucoup d'enfants. C'était une lettrée, une universitaire, une femme qui travaille. Mais comme elle n'arrivait pas à mettre au monde un fils, elle dut quand même faire un long détour de cinq filles. Après chaque accouchement, mon père avait pris l'habitude de la frapper, contrarié par ces filles à répétition. Chaque naissance était synonyme de danger. Au point que mes oncles maternels se voyaient dans l'obligation de veiller leur sœur à l'hôpital durant l'accouchement, puis de la transporter vite fait chez leurs parents, où elle jurait sur tous les dieux qu'elle ne retournerait jamais chez mon père. Cette naissance fut donc un événement et pour lui et pour elle. Le premier accouchement sans douleur ! Guerre oblige, personne n'est venu nous féliciter à la maison, comme le veut la tradition. Mon père est rentré seul, avec sa femme et son fils, son premier et unique héritier. Je ne sais si c'est ce qui l'a décidé, mais, dans la foulée, ma mère nous a ordonné de faire nos valises. « On va partir quelques mois ! », a-t-elle lancé à la cantonade. Nous avons pris trois ou quatre vêtements, rien de plus. Et laissé tout le reste : les tableaux, les photos, nos beaux tapis, le buffet où était exposé un service de vaisselle datant du temps où ma famille avait ses entrées à la cour du roi, les épées de mon grand-père... tout. On est partis, mon père, ma mère, mes trois sœurs – l'aînée ayant déjà fui avec ma grand-mère paternelle –, mon petit frère, âgé de 10 semaines, et moi, en fermant seulement la porte à clé. Quand je suis revenue, dix ans plus tard, en 2002, il n'y avait plus nos affaires, mais la maison était toujours là. Habitée.

8 septembre 2003

Ce matin, j'ai décidé d'aller à Notre-Dame de Paris. Seule. J'ai eu du mal à trouver l'endroit, car je n'ai pas osé demander mon chemin. Dans la rue, les gens marchent vite et ne se parlent pas. Les commerçants ne vous interpellent pas pour que vous veniez voir leur boutique ou discuter. En Afghanistan, une fille marche toujours accompagnée. Sinon, faire cent mètres à pied relève du chemin de croix ! Quand j'ai enfin arrêté quelqu'un, c'était un touriste. Il m'a indiqué une énorme bâtisse qui se trouvait juste de l'autre côté de la Seine. Notre-Dame est une cathédrale, l'équivalent d'une grande mosquée. Chez nous, on prie cinq fois par jour, n'importe où du moment que c'est en direction de La Mecque, le lieu saint de l'Islam, où tout bon musulman se doit d'aller en pèlerinage au moins une fois dans sa vie. À la mosquée, on se déchausse avant d'entrer. On fait ses ablutions. C'est-à-dire qu'on se lave au minimum le visage, les mains et les pieds. En principe, les femmes ont un endroit qui leur est réservé. Mais certaines mosquées refusent les femmes, de même qu'elles refusent parfois ceux qui ne sont pas musulmans. À Notre-Dame, devant le portail d'entrée, j'ai commencé à enlever mes chaussures en cherchant du regard un endroit où les consigner. Rien. Pas même un casier, une étagère, un vieux carton. En fait, personne ne se déchausse ! Il y avait beaucoup de monde : des hommes, des femmes et des touristes en casquette. Tout ça mélangé. La tête absolument pas couverte (d'habitude les gens se couvrent pour aller prier, ici, c'est l'inverse, m'a-t-on expliqué). Finalement, je me suis glissée dans la foule pour entrer. Et là, j'ai eu la peur de ma vie : il y avait tous ces visages, ces silhouettes, partout. Des figures qui semblaient sortir de chaque mur. Impossible de démêler le vrai du faux, les touristes, des tableaux et les sculptures, des badauds. La tête me tournait. Je me suis assise et j'ai sursauté en sentant un homme à mon côté. En fait, c'était un tableau qui me regardait... Dans la salle, à ma grande surprise, personne ne priait.

9 septembre 2003

Aujourd'hui, je suis allée avec Juliette à la banque. Quand j'étais petite, vers 3-4 ans, mon père travaillait à l'Afghan Bank de Kaboul. Après avoir été enrôlé de force dans l'armée communiste, il avait réussi, grâce à ses contacts, à dégoter cet emploi. Mais l'arrivée des moudjahidin, en 1991, eut raison de sa carrière et de notre quotidien. La banque a fermé, du jour au lendemain. Et, de la même manière, nous avons fui le pays.

Quand je suis rentrée, dix ans plus tard, il ne restait pas grand-chose. Y compris de la banque de mon père : quatre murs poussiéreux, derrière lesquels une nuée de fonctionnaires s'attelaient à redonner une dignité à leur costume douteux. Au lieu d'aller chercher de l'argent à la banque, nous allions échanger nos dollars au marché. Celui de la grande place centrale. On passait en voiture, on baissait la vitre, des types nous proposaient leur taux de change, on négociait, et on repartait avec plusieurs valises pleines à craquer de billets. L'inflation était telle qu'il fallait – et qu'il faut toujours – une liasse pour acheter une miche de pain.

Juliette s'est dirigée vers le mur de la banque avec beaucoup d'aplomb. J'ai tenté de la réorienter vers la porte d'entrée. Rien à faire. Arrivée devant la façade, elle a sorti une carte et l'a glissée dans le mur, enfin dans une machine, une ouverture dans le mur. Elle a tapé plusieurs chiffres. Nous avons attendu. Quoi ? Je ne sais pas. Et puis, l'argent est sorti, comme ça, « bzz », un drôle de bruit. Ici, un dicton dit que l'argent ne pousse pas sur les arbres, je crois. Non, il pousse sur les murs. J'ai demandé à Juliette s'il y avait quelqu'un derrière. Elle a ri. Du coup, nous sommes entrées dans la banque, j'ai regardé en direction du mur qui crache les billets, pour tenter de percer son mystère à jour, mais rien. Juliette m'a ouvert un compte à mon nom. Je me suis sentie heureuse. J'allais avoir une carte de crédit, comme elle, et un chéquier. Le début de la liberté !

Retour à Kaboul

J'avais 15 ans lorsque je suis retournée pour la première fois à Kaboul avec ma tante. C'était en mars 2002, juste après la chute des taliban. Sur le papier, la route est courte d'Islamabad à Kaboul. En vérité, elle est longue, asphyxiante, encombrée, dès le départ, par des centaines de camions bariolés qui crachent une toux grasse et noire. Il faut compter quatorze heures pour aller d'une capitale à l'autre. Après avoir passé la frontière, la Khaiber Pass, nous fîmes une halte à Jalalabad. Une ville écrasée de chaleur, infestée de moustiques, balayée par la poussière, où les gens nous regardaient passer, l'air ébahi, comme si nous sortions tout droit d'un film ou d'une autre vie. Ils semblaient dépourvus de toute éducation et les femmes portaient le tchadri. La maison où nous résidions était belle mais les mouches y avaient élu domicile. Son propriétaire se tenait là pour accueillir ma tante. Pour l'occasion, il portait un pantalon. Un modèle occidental. À chaque fois qu'il se levait, il tirait dessus, comme on tire sur sa jupe, pour le remettre en place. J'étais étonnée de voir ma tante aussi à l'aise. Elle s'adressait aux hommes très librement. Aucune femme ne parlait comme ça chez moi.

Le lendemain matin, une nouvelle voiture vint nous chercher. Il nous fallut huit heures pour atteindre Kaboul. Le temps de traverser d'immenses champs de fleurs, dont j'appris plus tard qu'elles servaient à fabriquer l'opium. De croiser des nomades, les yeux maquillés, la bouche pleine de Nasvar (du tabac coupé qu'on mâche toute la journée), avec leurs chameaux poilus, et leurs femmes en simple foulard. Et nous sommes entrés dans l'aire montagneuse, aride et dangereuse qui précède la province de Kaboul. Depuis la route, on pouvait voir des hommes enrubannés, le Kalachnikov en bandoulière, perchés comme des aigles au milieu des montagnes. Ma tante a pris le volant pendant les deux dernières heures. Une première dans la région et dans ma vie. Ce jour-là, je me suis promis, moi aussi, de passer un jour mon permis. Enfin, elle a laissé sa place au chauffeur. Signe que nous approchions... Kaboul !

De ma ville natale, il ne restait presque rien. Micro Rayon, le quartier résidentiel dont me parlait tout le temps ma mère : « Tu verras comme c'est chic, on se croirait à Paris, les immeubles font jusqu'à vingt étages ! », ressemblait à un bidonville. Il n'y avait plus d'immeubles. Juste des dentelles de murs redessinés par les impacts de balles. Des bouts de tissu ou de plastique pendaient à la place des fenêtres. Tout ou presque avait été démoli, mais les gens habitaient encore là. Les visages que je croisais étaient maigres, poussiéreux. Les vêtements, vieux. Les policiers ne portaient pas d'uniforme, certains n'avaient pas de chaussures. Des femmes en tchadri mendiaient avec leur bébé dans les bras. Des enfants en loques se plaquaient contre la voiture à chaque arrêt, le regard implorant ou violent. Les hommes avaient le teint rouge des paysans chassés par la famine, qui viennent trouver du travail en ville. Chez certains, on reconnaissait le regard mauvais de l'ex-taliban qui a rasé sa barbe comme on retourne sa veste. Il faisait un soleil radieux, l'air était vif. Kaboul est une ville d'altitude, une plaine entourée par les montagnes de l'Indou Kouch, traversée par une rivière sale et glacée, et régulièrement balayée par des tourbillons de poussière qui obligent les passants à se voiler. C'est aussi la capitale de mon pays. Un pays insoumis, qui a résisté aux Indiens, aux Anglais, aux Soviétiques. Mais les combats intestins semblaient avoir fait davantage de dégâts que toutes les attaques étrangères réunies.

Nous sommes tout de suite allés sur Chicken Street, la rue chic de la ville, où les antiquaires, ceux qui ont résisté à la guerre, aux perquisitions, aux enlèvements, attendaient de vendre aux soldats sur le départ quelques souvenirs – un tapis de Massoud, une cravache de bozkachi, un pakol... C'est là, dans les bureaux de ma tante, que j'allais passer la quasi-intégralité de mon séjour afghan. Dans cette petite rue animée, qui semblait avoir échappé aux bombardements, et se prolongeait par le coin des fleuristes, où les jeunes mariés venaient s'approvisionner en fleurs et en décorations pour leur voiture nuptiale. Dans ce quartier, je notais deux signes de vie. Les livres et les photos. Les livres fleurissaient partout : sur des étals à même le trottoir, dans des librairies improvisées contre un mur, dans les bras des vendeurs à la criée qui proposaient, au choix, une revue illustrée, un vieux dictionnaire, ou le *Kaboul Weekly*. Quant aux photographes, il en apparaissait à tous les coins de rue. Certains possédaient une boutique, d'autres se contentaient d'un vieil appareil à chambre posé sur son trépied. Bref, il y avait des mots et des images. Un bon signe. Et dans le ciel, les cerfs-volants, interdits sous les taliban, tournoyaient à nouveau.

À la maison, la vie était spartiate : pas d'eau, pas d'électricité, pas de téléphone, pas de télé. Pour se laver, un garçon allait nous chercher de l'eau au puits du quartier. On la faisait chauffer sur un vieux poêle, en prenant bien soin de l'économiser. Comme toutes les ONG, nous avions, sur dérogation, de l'électricité jusqu'à minuit. Seuls les hôtels, les ministères et les gens importants pouvaient en bénéficier toute la nuit. Kaboul paraissait coupé de tout. Figé. Comme si le temps s'y était arrêté au Moyen Âge ou derrière les montagnes. Je ne connaissais rien à mon pays, je ne le connais d'ailleurs pas plus aujourd'hui, mais j'avais l'impression, comme dans les contes, qu'il se réveillait d'un long sommeil, et je me demandais s'il allait, un jour, se relever... À 22 heures, le couvre-feu nous interdisait de sortir dans les rues désertes et glacées. De toute façon, il n'y avait rien d'autre à faire que de s'endormir au son des moteurs des avions alliés et de leurs mystérieux ballets.

À Kaboul

Mon premier séjour en Afghanistan a duré quinze jours. Deux semaines, durant lesquelles j'ai aidé du mieux que j'ai pu ma tante Chekeba. C'est là que j'ai rencontré Juliette. La première fois que je l'ai croisée, je n'avais jamais vu de « Blancs » ailleurs qu'à la télé. Elle travaillait pour un journal français et venait faire un reportage sur les Afghanes. Ses cheveux rouge vif et ses grands yeux bleus détonnaient dans la rue. De même que son sens de l'humour et son caractère décidé. Elle parlait aux hommes comme aucune femme n'aurait osé le faire. Et je comprenais mieux pourquoi elle s'entendait si bien avec ma tante Chekeba. Pendant ce court séjour, j'ai pu voir des Afghanes qui, contrairement à moi, avaient vécu sous les taliban. Elles réagissaient différemment selon leur âge. J'ai été frappée de constater que les plus vieilles, les quadragénaires, étaient les plus libérées. Elles se souvenaient de ce qu'était leur vie d'avant et elles voulaient retrouver ce champ d'action. Travailler, avoir des responsabilités, devenir autonomes, toutes proportions gardées (certaines étaient présentatrices télé, d'autres œuvraient au ministère). Les plus jeunes, au contraire, les filles de

20 ans, se révélaient plus dures. C'étaient toujours les plus voilées, les moins maquillées, celles qui n'avaient que le mot « Islam » à la bouche. Le regard qu'elles posaient sur nous était plein de méfiance. Elles n'avaient rien connu d'autre que la guerre. Elles avaient la tête farcie de propagande. Contester leur mode de pensée, c'était remettre en cause tout ce qu'elles avaient vécu, ce qui les avait construites, vertèbre par vertèbre, admettre que leur jeunesse avait été sacrifiée, et qu'il était trop tard pour recommencer. Si j'avais été là en même temps qu'elles, j'aurais sans doute pensé de la même façon.

Mon deuxième séjour en Afghanistan a duré un an. Tante Chekeba avait proposé à mes parents que je vienne travailler pour son ONG. Évidemment, mon père refusa, il préférait me marier. Et ma mère accepta. Elle décida même de m'accompagner. Son retour, après dix années d'exil forcé, fut bref mais intense. Sur Chicken Street, quartier qu'elle avait autrefois habité, elle connaissait tout le monde. Faire cent mètres à pied nous prenait une heure ! Elle saluait, causait, prenait des nouvelles comme si elle était partie la veille. Ma mère voulait connaître la situation du pays, dans l'idée de revenir nous y installer : où en était la sécurité, est-ce qu'on pouvait trouver un endroit où loger ? Mais, face à la hausse des prix, notamment des loyers, elle abandonna vite son idée. Avant de partir, elle tenait à deux choses. La première était de retourner dans la maison de sa mère, où vivait sa demi-sœur, qui n'avait pas l'air très heureuse de nous voir. Sans doute pensait-elle que nous venions nous installer ! La seconde était de revoir son frère Daoud, auquel elle allait me confier.

Ils ne s'étaient pas vus depuis vingt ans. Et leurs retrouvailles nous firent tous pleurer. Puis ma mère est repartie, comme elle était arrivée. Mais sans moi.

Mes journées se passaient à travailler. Il y avait si peu de gens lettrés dans la ville qu'à 16 ans je me suis retrouvée responsable du centre de formation d'Afghanistan Libre. C'est-à-dire que j'étais chargée de coordonner les cours, de gérer les inscriptions des élèves, d'aider les professeurs... qui avaient souvent l'âge de mon père ! Au début, ce fut compliqué. Un des professeurs d'anglais, par exemple, refusait de me parler. « Je n'ai jamais toléré qu'une femme m'adresse la parole, en dehors de ma mère », disait-il. Une autre fois, un homme est entré dans le centre pour y inscrire son frère. Il a commencé à m'insulter, à me dire que si je ne le prenais pas, il allait salir ma réputation en un rien de temps. À la maison, j'étais chargée de surveiller les courses, le ménage, le bon accueil des invités. En l'absence de ma tante, je vivais avec mon oncle Daoud et les collaborateurs étrangers d'Afghanistan Libre de passage à Kaboul (Aurore, Sébastien, Julie, qui, depuis, sont devenus mes amis). Leur présence sous notre toit me valait des remarques désagréables dans la rue : « Tu joues les Occidentales ? », « T'as pas une sœur ? ». C'était toujours une corvée d'effectuer le trajet jusqu'aux bureaux. Je portais le foulard, contrairement à la quasi-totalité des femmes qui gardait le tchadri. Je me souviens d'un jour particulièrement horrible, où j'avais accompagné un Occidental au marché. Un vendeur m'a crié qu'il avait honte de me savoir afghane, que je salissais la réputation des femmes, que j'étais pire qu'une prostituée. Et tout un tas d'obscénités dont j'ai encore honte aujourd'hui. Parce que je travaillais avec des étrangers, j'étais une fille de mauvaise vie. Je me sentais salie, je voulais lui mettre une claque, lui montrer le courage dont pouvait faire preuve une femme. Je savais qu'il était jaloux de mon travail et, malgré cela, je voulais le tuer. Heureusement, Nazim, qui nous conduisait, n'a rien entendu. Autrement, il l'aurait fait pour moi. Car les Afghans sont comme ça, ils peuvent vous insulter, mais sont prêts à mourir pour laver l'honneur d'une femme ou d'un invité. Ce jour-là, j'ai voulu rentrer chez moi, au Pakistan, je ne me sentais plus le courage d'étudier, de travailler, de prendre ma revanche sur ces types illettrés et sauvages. Mais je savais que si je rentrais, je finirais par me marier avec l'un de ces hypocrites qui se conduisent différemment chez eux et dehors, qui se disent pieux et versent discrètement de l'alcool dans les théières. C'est pour cela que je me méfie tant des hommes. Un étranger ne peut pas me comprendre tant qu'il n'a pas vécu cela. Heureusement, mon oncle Daoud était là, et l'équipe du centre de formation aussi. J'apprenais le français avec Seb, Julie, et les autres... Puis ma tante Chekeba est revenue, ainsi que Juliette. Elles m'ont proposé, grâce à une bourse du gouvernement français, de poursuivre mes études à Paris.

10 septembre 2003

Une semaine que je suis à Paris. Et mes cours à l'Alliance Française ne commencent pas avant un mois. Je ne sais pas comment remercier Juliette de son hospitalité. Elle me demande si ça va toutes les deux minutes, je lui dis merci dès que je peux et je fais le ménage toute la journée. Hier, pour participer aux frais, j'ai rapporté cinq kilos de pâtes alimentaires ! Elle m'a dit que je n'avais pas besoin d'en faire tant, que j'étais encore une enfant : « Tu n'as qu'à m'offrir des fleurs. » Je préfère ranger. Au moins, c'est concret. Mais Juliette voudrait que je lâche mon balai. Elle me dit qu'il y a déjà une femme de ménage pour ça, Adèle.

Adèle est noire. Avant elle, je n'avais jamais vu de « Noirs » de ma vie. Ou plutôt, si. Une fois, à Kaboul. C'était un soldat américain. Et on l'appelait « goudron ». Au Pakistan, il n'y a pas de Noirs. En Afghanistan, non plus. Là-bas, les gens ont la peau claire. Il paraît que les forêts du Nouristan sont peuplées de roux aux yeux bleus, comme Juliette, qui se disent descendants des soldats d'Alexandre le Grand ! Le mot « Afghanistan » vient d'ailleurs du mot « aryen », d'où le nom donné à notre compagnie aérienne, à notre agence de presse, et à beaucoup d'autres organismes officiels : « Ariana ». J'ai même entendu dire que, pour cette raison, Hitler, dans *Mein Kampf*, considérait les Afghans comme le peuple aryen par excellence. Ce qui facilita entre les deux pays à la fois les échanges commerciaux (ce sont les Allemands qui ont construit la route Kaboul-Kandahar) et les déplacements (les Afghans n'ont pas eu besoin de passeport pour se rendre en Allemagne pendant des années). Je ne sais pas si cette dernière partie est vraie ou si elle relève de la pure mythologie.

La première fois que j'ai vu Adèle, j'ai eu une peur panique. Les Noirs ont la réputation d'avoir une grande force physique. Je me suis dit : Si je fais une bêtise, elle va m'égorger ! En plus, j'ai remarqué qu'elle mangeait du poulet tout sec et buvait de l'eau à la casserole. Bizarre... J'ai l'impression que Juliette n'ose pas toujours lui donner des ordres. Elle ne sait pas commander. Parfois, je la surprends en train de faire son lit à toute vitesse et de laver la baignoire avant qu'Adèle n'arrive, comme s'il fallait que tout soit propre pour son passage ! Elle la paie pendant les vacances. Et l'autorise à allumer la télé. Je lui ai demandé pourquoi. Juliette m'a répondu que j'étais sévère. Mais que c'était normal, compte tenu du fait que l'Afghanistan n'avait pas connu la Révolution française, la Déclaration des droits de l'homme, l'humanisme, les Lumières, les congés payés, etc. Et que, d'après le calendrier afghan (nous sommes en 1384), j'avais 619 ans pour assimiler tranquillement le statut des femmes de ménage parisiennes d'origine africaine.

10 septembre 2003

J'ai téléphoné à ma famille. C'est mon premier coup de fil depuis l'appel que j'ai passé à mon arrivée. D'un côté, j'ai envie de tout leur raconter. De l'autre, je ne peux pas. Du coup, alors que j'étais très excitée de leur parler, je m'en suis tenue à des propos convenus. J'ai raconté la cérémonie du timbre de Massoud, mais pas les vêtements. Les gens toujours pressés dans la rue, mais pas la femme de ménage. Je suis ici pour travailler, pas pour leur faire la liste de ce à quoi ils n'ont pas droit. De la même manière, je n'ai pas osé leur parler du cinéma. Car j'ai enfin pu réaliser ce rêve, qui est aussi celui de mon petit frère et de mes sœurs. Bien avant ma naissance, sous le règne du roi Zaher Shah, ma mère allait au cinéma toutes les semaines, avec ses copines. À l'époque, il y avait plusieurs salles à Kaboul, dont l'Ariana, la plus belle, a été détruite pendant la guerre et récemment rénovée par des Français. Je n'ai pas eu cette chance. Au Pakistan, une fille ne va pas au cinéma. Cela ne se fait pas. Officiellement, rien ne l'interdit, mais le simple fait de passer devant une salle est une épreuve en soi : on se fait siffler, insulter, jauger comme un morceau de viande à l'étal du boucher. Bref, vous ne verrez jamais une fille s'y aventurer, même si elle est accompagnée.

On raconte que la spécialité des Pakistanais est d'annoncer un film normal, et, au bout de dix minutes de projection, d'alterner avec un film pornographique. Ce qui leur permet de passer de l'un à l'autre et de ne pas se faire prendre au cas où la police viendrait. Parfois, ils utilisent aussi les visages d'acteurs indiens connus pour les remonter grossièrement sur les silhouettes d'acteurs nus. Évidemment, les stars en question apprécient peu. Et cela donne lieu à des procès qui font la une des journaux. Un jour, à Kaboul, j'ai surpris des garçons au bureau d'Afghanistan Libre en train de regarder un film osé. Ils ont tout de suite changé de chaîne. Trop tard. « Si c'est ça l'image que vous avez de la femme », leur ai-je dit pour ne pas perdre la face. Mais je pense que c'est, hélas, l'image qu'ils ont de l'Occidentale. Parce que les films de ce genre, prisés en Afghanistan, sont, pour l'essentiel, tournés par des acteurs blancs.

Gabrielle, que j'ai rencontrée en Afghanistan avec Juliette, est venue me chercher dans sa petite voiture pour m'emmener au cinéma sur les Champs-Élysées. Je l'ai à peine reconnue. Pas tant physiquement, mais plutôt à cause de ce qu'elle dégage. En Afghanistan, elle était couverte de la tête aux pieds. Je crois même qu'elle portait le foulard, les premiers temps. Alors, de la voir en jupe, les cheveux longs détachés, en train de conduire, ça m'a fait bizarre. On a longtemps tourné en rond, puis elle s'est garée « n'importe où » et on a dû trotter jusqu'au cinéma. J'étais essoufflée, mais malgré ça mon français l'a beaucoup impressionnée. Quand nous nous sommes quittées à Kaboul, en 2002, je ne parlais pas un mot de sa langue, et m'en tenais prudemment à l'anglais. Depuis, j'ai appris sur le tas, comme on dit, en discutant avec les gens d'Afghanistan Libre, ou en lisant leurs livres. Gabrielle rigole. Elle ne sait dire que *rubasti* (ça va ?) et *tachakor* (merci) en dari !

Nous avons acheté du pop-corn, comme le font les gens qui vont au cinéma dans les films indiens, et nous sommes entrées dans cette immense salle plongée dans le noir. J'ai tout de suite pensé qu'on aurait pu y célébrer un mariage s'il n'y avait pas eu tant de strapontins. Et que je n'arriverais jamais à tenir deux heures d'affilée assise dans un fauteuil – à la maison, on regarde les films allongés. De ma vie, je n'avais jamais vu un si grand écran. Le son, cependant, était fort comme chez moi. À vous faire exploser le cœur de joie ! En Afghanistan, le cinéma était proscrit par les taliban, tout comme la musique. Les voix de femmes, en particulier, étaient bannies des ondes et les radios enfreignant la loi encouraient un réel danger. Depuis leur départ, en revanche, les salles sont reconstruites et la musique à nouveau autorisée. Dans les rues, au marché, par les fenêtres, il faut l'entendre pour le croire : ça hurle, ça vocalise, ça piaille, plus fort que les oiseaux en cage, qui, eux aussi, ont été longtemps interdits.

En plein milieu de la séance, mon portable a sonné, Gabrielle s'est tassée d'un coup dans son fauteuil, et a paru gênée. J'ai décroché : c'était Juliette, qui ne comprenait pas ce que je faisais au cinéma, surtout à cette heure-là. Gabrielle me fixait avec de gros yeux affolés, tout en regardant, machinalement, à droite et à gauche, si on nous voyait. Pour ne pas la déranger, et comme je n'entendais rien, je me suis levée, j'ai écrabouillé, au passage, les pieds de tous mes voisins (pas de ma faute, on était au milieu de la rangée), afin de continuer ma conversation dans l'allée principale de la salle. Là, je suis remontée vers l'écran, mais ça ne passait pas, alors je suis redescendue, mais je ne voyais plus rien. Enfin, si, dans la lumière, je voyais Gabrielle, au loin, me faire de petits signes de la main. Je lui ai répondu par un grand geste des bras et elle a disparu dans son fauteuil. J'étais obligée de parler fort pour me faire entendre. Finalement, j'ai réussi à convaincre Juliette que tout se passait bien, que je n'étais pas seule, mais avec une amie, qu'elle me raccompagnerait, que je comprenais le film, oui, même en français... Quand je suis revenue à ma place, elle m'a dit d'éteindre mon portable, parce que si tout le monde téléphonait dans les allées, il valait mieux regarder le film chez soi, à la télé. Ah ? J'ai mangé tout mon pop-corn, pas parce que j'avais faim, mais pour savourer encore mieux. Et puis le film s'est terminé. Je n'ai rien compris à l'histoire, un type qui se prend pour Dieu et en profite pour regarder sous les vêtements des filles. Nous sommes sortis par les Champs-Élysées. J'avais les pieds engourdis. C'était la première fois de ma vie que je me retrouvais dehors, de nuit. Ça scintillait de partout. Les phares, les éclairages, les boutiques, même le sol avait l'air illuminé, on pouvait y deviner les reflets de la ville onduler comme une rivière. Gabrielle m'a entraînée dans une autre avenue, un peu plus bas, voir des vitrines où brillaient des chaussures... à 500 euros. Comment peut-on vendre des souliers à ce prix-là ? C'était beau. Et, tout d'un coup, je me suis sentie triste. C'était trop.

11 septembre 2003

J'ai vu des images des attentats du World Trade Center à la télé. Je me souviens très bien de ce 11 septembre 2001. Je rentrais de mon cours d'informatique, à Islamabad. Il devait être 18 heures. La rue était sombre, et j'avais peur. De quoi ? Je ne sais pas. Un pressentiment, l'arrivée de quelque chose d'imminent. À cause du mauvais temps, la télé ne marchait plus chez moi. L'électricité avait sauté. Tout le quartier était plongé dans le noir. Le petit écran demeurait notre seul lien avec l'Afghanistan. Le dernier cordon ombilical. Les taliban avaient coupé tous les moyens de communication. Mais nous recevions des nouvelles du pays via CNN ou la BBC. Toujours les mêmes : des images d'attentats, des hommes qui prient, des femmes en tchadri... Et nous aussi, on priait, on pleurait. On interrogeait sans relâche notre mère sur « son » Afghanistan. Sur les parades militaires, les grands banquets et les invités prestigieux de Chaman Ouzourli, sur notre fête nationale, qui se déroule en avril. Les virées au cinéma Zaineb avec ses sœurs et ses copines. Les pique-niques du vendredi, à l'ombre des grands arbres du parc Hasni avec toute la famille. Les week-ends à

Paghman dans la maison de son oncle. Les grosses cerises fraîches qu'on dégustait au bord de la rivière. J'étais un peu jalouse de ces clichés parfaits. Si loin de la vie poussiéreuse que nous menions au Pakistan et des images de désolation qui nous parvenaient d'Afghanistan.

Au bout de deux heures, la lumière est revenue. L'écran s'est rallumé et on a vu : le World Trade Center qui part en fumée, les avions encastrés, les corps qui plongent dans le vide... Le premier réflexe de ma mère a été d'appeler ma sœur qui vivait alors à New York, avec son mari. Sans succès. Lignes occupées ! C'est terrible à dire, mais il n'y avait que ça qui nous intéressait. Nous n'étions pas impressionnés par ces attentats. On en avait vu d'autres. On était rompus à la guerre, à la mort, blasés. À Kaboul, des immeubles de la taille du World Trade Center n'auraient pas tenu debout deux jours.

Le lendemain, nous avons passé la journée devant la télé. Pleins d'espoir, à l'idée que le monde entier se penche enfin sur le sort de l'Afghanistan, et que les Américains allaient chasser les taliban. Nous nourrissions, sans trop oser nous l'avouer, la folle idée de retourner un jour chez nous. Et puis, nous avons appris le décès du commandant Massoud. Le vainqueur des Soviétiques, replié dans son fief du Panshir, avait échappé à des dizaines d'embuscades. Il était protégé par les esprits, avait-on coutume de dire. L'attaque dont il fut victime le 9 septembre, deux jours avant l'explosion du World Trade Center, apparaissait comme une énième et vaine tentative d'anéantir un immortel. D'autant que les informations sur son état de santé demeuraient contradictoires. Sa famille le disait vivant. Ses ennemis, mort. Lorsque son décès fut confirmé, le 13, je crois bien que ma mère a pleuré. Mon père s'est retiré dans sa chambre. Une fois de plus, les attentats du 11 septembre étaient, pour nous, synonymes d'espoir, de changement, même si nous tremblions pour la vie des civils afghans. La mort de Massoud, c'était la fin de l'espoir. La perte du seul homme capable de tenir tête aux taliban et de réunir l'Afghanistan. La fin du monde. Le nôtre, cette fois.

20 septembre 2003

Je n'ai jamais vu une ville aussi belle que Paris. Et comme je n'ai pas l'habitude d'avancer en regardant mes pieds, surtout quand le spectacle de la rue en vaut la peine, je passe mon temps à marcher dans la merde ! Les trottoirs sont le lieu d'expression favori de ce que l'on nomme ici les animaux « de compagnie ». En l'occurrence, des chiens. S'ils s'appellent ainsi, c'est que ces quadrupèdes ont plus de droits que les trois quarts de l'humanité : ils vivent bien au chaud dans la maison, on les accompagne dehors faire leurs monstrueux besoins, on leur prépare des petits plats, on leur parle avec amour, on les habille, même. L'autre jour, j'ai croisé un chien en pull ! Je ne sais qu'en penser. Contrairement à ce que l'on dit, les Français sont propres. Mais plutôt, c'est tout de même un pays où les gens dorment avec leur chien et leur chat dans leur lit. Juliette héberge souvent le chat d'une amie, « Patapouf ». Je le déteste. Il est « obèse ». De loin, on pourrait le prendre pour un chien. Alors, sa maîtresse veut qu'on lui donne des « croquettes régime », spécialement conçues pour faire maigrir les gros chats de son espèce. Il y a plusieurs choses qui m'échappent dans le fonctionnement de cette maison :

À quoi cela sert-il de passer l'aspirateur et de laver le sol tous les jours, si c'est pour rentrer sans enlever ses chaussures sur le paillasson, alors que, comme je l'ai dit plus haut, les trottoirs sont maculés ? Chez nous, c'est la moindre des politesses de se déchausser en entrant chez les gens. Et pas seulement parce que l'on dîne et que l'on dort par terre. C'est une question de respect.

À quoi cela sert-il de faire le ménage, si c'est pour héberger des bêtes originellement destinées à vivre sur les poubelles ? Le chat monte sur les canapés, se frotte, laisse des poils partout, traîne des saloperies, sans parler de sa « caisse », une espèce de bassine en plastique pleine de graines parfumées censées faire oublier les odeurs qui s'en dégagent. Chez Juliette, on la place dans les toilettes des invités (qu'on appelle d'ailleurs les toilettes du chat), ce qui donne l'occasion de faire parfois pipi en même temps que lui.

Quel est ce genre de société qui produit des chats obèses ?

21 septembre 2003

Je crois que Juliette veut me mettre au régime, comme le chat. Elle m'a demandé si je faisais du sport. Non, pourquoi ? Le sport, c'est pour les sportifs. Elle me trouve un peu molle pour mon âge. C'est une dégénérescence occidentale, ou quoi, de trouver tout le monde gros ? On a tellement tout ce qu'il faut, là où il faut, qu'il ne reste plus qu'à le perdre ? Je ne sais pas. Enfin si, je sais. Je me retiens de lui dire que chez moi, on n'est pas obsédé par l'idée de maigrir (à bien y réfléchir ça ne m'a même jamais traversé l'esprit), pour la simple raison qu'on est déjà bien heureux de manger. Mais je ne réponds rien car ce serait manquer de respect envers Juliette. Et je sais qu'elle ne veut que mon bien. Drôle de pays. Hier, je suis allée au supermarché : je me suis perdue. De l'extérieur, ça n'a l'air de rien. Une bouche ouverte. À l'intérieur, c'est une ville ! Des quartiers de lessives, des parcs de céréales, des rues de biscuits, des boulevards de surgelés, des ronds-points de condiments, des impasses qui se terminent en murs d'eaux. Des rayons et des rayons pleins de produits qui font tous la même chose. J'ai mis une heure à choisir un shampooing colorant parmi les trois cents proposés ! Car j'ai 17 ans mais j'ai des cheveux blancs. On fait vieux assez jeune, dans mes contrées. La vie est rude, les années comptent double. Pareil pour la nourriture. Tous ces yaourts ! Et les fruits. Je ne savais pas qu'il fallait les peser. Je suis arrivée à la caisse et la fille m'a renvoyée comme si j'avais raté l'examen d'entrée. Je me suis sentie humiliée. Chez nous, il y a moins de produits, et c'est peut-être pourquoi on n'y touche pas. Seul le propriétaire des lieux, voire son commis, est habilité à nous servir. Au total, j'ai passé deux heures pour acheter un shampooing, un citron et du Sopalin. Eh bien voilà, je pense qu'il faut avoir des supermarchés comme ça, pour un jour se faire à l'idée de ne pas finir tous les plats. Chez moi, on se moque d'être « gros ». D'ailleurs, on ne dit pas gros, on ne pense pas gros, on ne voit pas gros. Ne pas être maigre, en revanche, c'est être bien portant, riche et avoir les moyens de se sustenter.

Je me suis renseignée sur les bases du régime : ne pas manger entre les repas, éviter les aliments trop caloriques (pain, pâtes, patates, chocolat – tout ce que j'aime) et boire beaucoup d'eau. C'est exotique...

Déménagement

Gabrielle m'a donné rendez-vous dans un café. J'ai l'habitude, maintenant. J'ai bu plus de café en vingt jours ici qu'en une vie ! Les Parisiens aiment se retrouver au café. Les Afghans préfèrent vous inviter chez eux et vous offrent du thé (là-bas, le café n'existe pas). À ce propos, Juliette s'étonne que je ne « personnalise » pas ma chambre. Il n'y a rien d'accroché au mur, rien d'arrangé, c'est elle qui a réglé la lumière de mon bureau pour que je ne m'esquinte pas les yeux. Ma seule initiative a été de coller une grosse ventouse à la porte pour y pendre ma robe de chambre. Elle aimerait que je fasse comme chez moi.

À Islamabad, au Pakistan, nous n'avions que très peu de meubles, et déménagions tous les étés. Les loyers augmentaient tellement vite que nous n'avions généralement pas la possibilité de rester plus d'un an dans une même maison. Les propriétaires, des Paki, profitaient de la situation et de la forte immigration afghane pour gonfler les prix. Et nous avions beau leur rendre régulièrement visite les bras chargés de cadeaux, tous les mois de juin, le loyer augmentait et nous finissions par partir en août, le mois le plus chaud de l'année. Ma mère se chargeait du déménagement. C'est elle qui dégotait la maison, où nous habitions un étage, et en négociait le prix. La plupart du temps, notre appartement était situé à quelques encablures du précédent. Dans le secteur I-2 d'Islamabad. Construite en 1960 pour donner une capitale au Pakistan naissant, Islamabad (qui signifie « ville d'Islam ») est une déclinaison à l'infini de petites rues, portant des chiffres, perpendiculaires à de grosses artères, portant des lettres. Le point culminant de cette cité au pied des montagnes est une gigantesque mosquée clinquante financée par l'Arabie Saoudite. Comme tous les quartiers de la ville, le nôtre s'articulait autour d'un centre commercial – l'équivalent de votre église au cœur du village – et se terminait par un « no man's land », parfois long de plusieurs kilomètres, qui le séparait du quartier voisin. Un peu comme si, entre chaque arrondissement de Paris, on trouvait des terrains vagues, ou des jardins incertains, brûlés par la chaleur, et hantés, au mieux, par de vieux chiens. Les maisons, quant à elles, se ressemblaient toutes : petites, carrées, en béton et ciment armés, avec quelques fantaisies de style arabe : une colonne blanche, un chapiteau meringue, des balustrades, etc. On ne quittait quasiment jamais notre quartier, où se trouvaient l'école et les ateliers de mes sœurs. Et la moindre virée en ville, c'est-à-dire au supermarché ou dans le coin chic des ambassades et des boutiques, s'apparentait à un vrai voyage. Une heure de taxi, une heure de négociation avec le taxi, et l'impression, une fois arrivés, d'être déjà épuisés !

Pour le déménagement, ma mère louait une carriole. Elle se rendait au bazar, discutait le prix avec plusieurs cochers, ce qui rendait mon père hystérique, comparait, puis prenait rendez-vous pour le lendemain matin. Nous n'avions pas grand-chose à transporter. En quittant l'Afghanistan, nous avions tout laissé. Quand je vois le nombre de meubles qu'on peut entasser dans un appartement parisien, je me demande bien comment on fait ! Chez moi, l'avantage, c'est déjà qu'il n'y a ni lit, ni table, ni canapé. On dort sur des matelas au sol, et l'on prend les repas, par terre, sur une toile en plastique où l'on pose tous les mets. Tout ça pour dire que le gros du déménagement se résumait à un tas de petites choses : marmites, coussins, beaucoup de tasses et de verres, parce que nous étions nombreux, une machine à coudre, des vêtements, des chaussures, la radio. Il y avait aussi la télé, son meuble, l'armoire, et le frigo, une vieillerie qui me ferait honte à Paris. Mais le plus lourd, c'était de très loin les tapis. Ça, nous en avions plein, avec les matelas, les couvertures et les coussins. Le scénario était invariablement le même, nous jetions tout en vrac sur les grands draps étendus par terre, en prenant soin de bien emmitoufler les objets fragiles, puis nous prenions les quatre coins du drap pour en faire un gros nœud ; et voilà le balluchon géant prêt à être chargé. Pas besoin de cartons ! En trois ou quatre allers-retours, l'affaire était réglée. Nous déchargions tout nous-mêmes. Et l'appartement se retrouvait pour ainsi dire reconstitué à l'identique : une pièce à vivre, où l'on prend les repas, où l'on discute, où l'on regarde la télé et où l'on dort, parfois. C'est là que se trouve le meuble de la maison, un buffet en bois patiné avec une grande vitrine où l'on range tout ce qu'il y a de précieux (réveil, photos de famille, parfum étranger, téléphone, annuaire, factures, papiers, etc.). La chambre de ma mère, où il n'y a de place que pour un grand lit, surmonté du tableau fluorescent de La Mecque. Et la chambre de mon père, où se trouve un plus petit lit et l'armoire à vêtements. Le tout est complété par une mini-cuisine qui, si on est au rez-de-chaussée, donne sur la cour. Un évier, un frigo et basta. On fait cuire les aliments directement dans la cour à l'aide d'un réchaud et on y fait la vaisselle. Quant à la salle d'eau, on y trouve un lavabo et des toilettes, avec un jet d'eau pour s'essuyer. Chez nous on n'utilise pas de papier, mais on verse de l'eau dans un petit seau en plastique qui reste près des wc. Un gros seau sert, lui, à rincer la cuvette, car il n'y a pas de chasse d'eau. Et un troisième seau, encore plus gros, à prendre une douche froide. On peut avoir de l'eau chaude, à condition de la faire préalablement bouillir sur le réchaud. Ça peut paraître spartiate et pourtant...

25 septembre 2003

Hier soir, avec Aurore, j'ai dîné dans un restaurant afghan à Montmartre, qui n'avait d'afghan que le nom, puisqu'il s'agissait, en fait, d'un mélange de nourriture pakistanaise et indienne. Ça m'a bien plu. J'ai vu Paris d'en haut. Puis, d'en bas. Nous avons passé une incroyable soirée à remonter la Seine sur un « bateau-mouche ». Je suis rentrée tard à la maison, les joues froides et la tête dans les étoiles. Ce matin, Juliette m'a sermonnée parce que j'avais oublié de fermer la porte à clé. Elle a raison, je suis ailleurs ces derniers temps. J'oublie des choses. Sans doute qu'on m'en permet trop. Le fait de pouvoir rentrer tard le soir, par exemple. Alors que chez moi, je dois être à 6 heures à la maison. Je suis un peu déboussolée. Mais j'aime bien quand Juliette me rappelle à l'ordre. Cela me rappelle ma maman. En Afghanistan, il est très mal élevé d'appeler les gens de sa famille par leur prénom. On leur donne une fonction : tante, père, etc. Je suis gênée d'appeler Juliette par son prénom, comme si elle était une étrangère. J'ai donc décidé de l'appeler Chère Tante, *Khala Jon* en dari. Comme je le disais, c'est Khala Jon qui a eu l'idée, avec ma tante, de me faire obtenir une bourse pour poursuivre mes études à Paris. Elle savait que si on ne faisait rien pour moi, j'aurais à suivre le chemin de mes sœurs : rentrer au Pakistan et dans le rang. Me marier contrainte et forcée. Chez nous, les jeunes filles sont mariées vers 15 ans. Et avant de me laisser partir pour la France, ma mère, aussi ouverte soit-elle, me l'a bien répété : « Tu es sûre que tu ne le regretteras pas ? Si nous avons une proposition pour toi, nous serons obligés de la reporter sur ta sœur. Tu ne seras pas jalouse ? » Non, maman, je ne serai pas jalouse et j'aimerais qu'on laisse aussi ma petite sœur en paix. Qu'elle ait, comme moi, la chance du choix. La possibilité de changer de destinée.

Le mariage de mes sœurs

Je suis la première de ma famille à ne pas être mariée à 18 ans. Gina, ma sœur aînée, s'est mariée à l'âge de 16 ans, au Pakistan, avec un homme de 55 ans. Tout le monde pleurait ! On nous accusait de l'avoir vendue. Ça n'était plus un mariage, mais un enterrement. Ma sœur a découvert son mari une semaine avant de l'épouser. Il était vieux et laid, mais gagnait 1 200 dollars par mois. Une somme quand on a la vie dure. Mon père avait donné sa parole, et rompre un engagement, chez nous, c'est plus grave que de divorcer. Ma sœur refusait de se marier. Elle ne mangeait plus, ne dormait plus, restait toute la journée cloîtrée dans une chambre. En vain. Si elle se dérobait, elle perdait tout espoir de se marier un jour et jetait l'opprobre sur ses cadettes. On n'a gardé aucune photo de la cérémonie, ni même de cassette vidéo. Ma sœur vit aujourd'hui au Canada, à Toronto, avec son mari. Il a la maladie d'Alzheimer. Elle a 24 ans, deux enfants et travaille comme serveuse dans un restaurant afghan. Je ne l'ai pas revue depuis.

Pour Mina, qui a aujourd'hui 23 ans, ce fut différent. Un Afghan de New York était venu à Peshawar prendre femme. N'ayant pas trouvé son bonheur, il a poussé ses recherches jusqu'à Islamabad pour le week-end. Il connaissait ma tante réfugiée à New York, et, naturellement, a fait un saut chez nous, à la maison, où il est tombé sur Mina. Un vrai coup de foudre. Il avait 47 ans, elle en avait 17 et le mariage fut célébré dans la semaine. Je la revois, couverte de son grand foulard vert, signe de pureté : elle était belle. Mon père connaissait le père de son nouveau gendre. Ils habitaient le même quartier de Kaboul alors que ma sœur n'était pas encore née. Huit mois plus tard, elle est partie pour les États-Unis, légèrement cafardeuse. Elle ne voulait plus s'en aller. Elle est revenue cinq ans après, pour un mois, avec un petit garçon de 3 ans dans les bras. Elle portait un pantalon, mais n'avait pas tant changé que ça. Sans doute parce que même là-bas, en Virginie, Mina continue de vivre dans un environnement afghan. Elle travaille au supermarché, mais sa maison est proche de celle de sa belle-mère et de sa belle-sœur. Je crois qu'elle est heureuse.

Mariam, elle, a vécu un cauchemar dont elle gardera les séquelles toute sa vie. Elle avait 16 ans, lorsque le frère de mon père demanda sa main pour son petit-fils, notre cousin germain, qui habitait l'Arabie Saoudite. Le mariage entre cousins est une vieille tradition en Afghanistan. C'est un moyen de garder la terre dans la famille. Évidemment, quand on est réfugié, tout cela paraît un peu déplacé. Mais les coutumes ont la peau dure. En guise de réponse, ma mère n'a rien dit, c'était sa manière à elle de désapprouver. Et comme il se doit, mon père a accepté. « Mon frère est venu de Peshawar demander sa main, mes autres filles sont allées aux mains d'étrangers, pour une fois, en voilà une qui restera dans la famille ! », pérorait-il. Pour lui, c'était un honneur. Et ma grand-mère paternelle chérissait l'idée d'un mariage « intra-muros ». Mariam est restée fiancée pendant huit mois à ce cousin virtuel, dont nous savions juste qu'il avait 31 ans. Et puis, un jour, il a débarqué. Il était vraiment moche et ne décochait pas un sourire. Pour la rassurer, je disais à ma sœur : « Mais non, ne t'inquiète pas, il a l'air gentil. » En fait, il n'était pas gentil non plus. Ma sœur demeurait inconsolable. Ils se sont mariés à Peshawar. Puis Mariam est partie en pèlerinage pour l'Arabie Saoudite, trois mois plus tard. Et elle n'est pas rentrée. Elle appelait une fois tous les deux mois, pour nous raconter sa triste vie. Son mari partait travailler tôt le matin, fermait la porte à clé derrière lui, et rentrait tard le soir. Elle passait toute la journée à la maison. Seule. Enfermée. En prison. Après quelques mois, elle est tombée enceinte. Mais comme elle n'avait pas de visa, son mari était trop pauvre ou trop radin pour lui en payer un, elle n'a pas pu voir de médecin. Elle ne savait pas comment s'y prendre, elle mangeait mal, tentait de trouver des réponses à ses questions en regardant la télévision mais ne comprenait pas l'arabe. Finalement, elle a perdu son enfant. Quelques mois plus tard, Mariam est retombée enceinte. Elle n'était toujours pas en règle avec les autorités du pays. Comme son mari n'avait pas cru bon de lui payer un visa de six mois (environ 1 000 dollars), il la privait ainsi de carte de séjour. L'accouchement a eu lieu chez elle, avec une vieille dame pour toute compagnie. Le bébé, une petite fille, ne pesait pas lourd. Mariam n'avait pas vu un bout de viande depuis des mois, elle avait une hygiène déplorable, et s'affaiblissait chaque jour un peu plus. Alertées par son état de santé, nous demandions à son mari de nous l'envoyer, au moins quelque temps, histoire de la remettre sur pied. Mais il n'entendait rien. Furieuses, nous hurlions : « Si tu savais que ce serait comme ça, pourquoi l'as-tu emmenée ? » En vain.

Finalement, ma sœur « américaine » a envoyé de l'argent à Mariam pour lui payer un billet d'avion, prétextant que notre mère était gravement malade. Nous tremblions pour la santé de la petite. Mais restait à régler le problème des papiers. Ma tante Chekeba a obtenu de l'ambassade d'Afghanistan en Arabie Saoudite un visa pour que Mariam puisse venir au Pakistan, via Kaboul. C'est moi qui suis allée la chercher à l'aéroport de Kaboul. En la voyant, en scrutant ses yeux caverneux, injectés de sang, à travers son voile, je me suis retenue de pleurer. J'avais quitté une fille libre. Une sœur avec laquelle je rigolais, je regardais des films, je parlais anglais. J'ai retrouvé une fille sombre, muette, toute maigre. Je ne savais pas qu'on pouvait tant changer. C'était une étrangère. Elle portait la burqa comme une Arabe. Elle est restée deux jours à Kaboul et ne l'a pas retirée une seule fois. Si je lui disais de l'enlever, elle me traitait de mécréante. Il faut la comprendre, pendant deux ans, elle n'a fait que ça : lire le Coran. Le deuxième soir, nous avons parlé comme autrefois, blotties l'une contre l'autre sur le même matelas, jusque tard dans la nuit. Le lendemain matin, mon oncle Daoud est venue la voir dans sa chambre et l'a obligée à enlever sa burqa. Il lui a dit : « Je refuse que tu portes ça. » Elle a quitté la maison avec un simple foulard. Comme quoi, la parole d'un homme, parfois...

Le mari de Mariam était resté en Arabie Saoudite pour payer ses multiples dettes. Mais il était convenu qu'il viendrait chercher sa femme et sa fille au bout d'un an. D'ici là, il désirait les envoyer « en sécurité » à Peshawar, dans sa famille, ce que nous avons refusé. Ça a été l'objet de son unique coup de fil. La belle-famille de Mariam est entrée dans une colère noire, arguant que notre attitude allait contre les préceptes du Coran. Mon père était lui aussi furieux. Il redoutait les foudres de sa propre famille et le scandale causé par une rupture, mais ma mère s'en moquait. Elle n'avait que faire de la rumeur. Via l'ambassade, elle a fait parvenir un mot à son gendre, lui demandant d'accorder le divorce à sa fille. Le pire, je crois, c'est qu'il aimait sincèrement Mariam. Évidemment, il a refusé. Il ne divorcera jamais. Chez nous, seul un homme peut décider de quitter sa femme. Si c'est la femme qui part, elle doit tout abandonner (enfants, maison, biens). En se réfugiant chez ses parents pour ne pas mourir à petit feu, ma sœur a fait une croix sur sa vie de femme : c'est sa punition. Elle a aujourd'hui 21 ans, et vit chez ma mère avec sa fille, au Pakistan.

1er octobre 2003

Drôle de journée. Pour obtenir sa carte de séjour, il faut impérativement passer un examen médical. Ce que j'ai fait. Primo, il a fallu trouver le labo. Le mien se situait en dehors de Paris. J'ai déjà du mal à m'orienter dans la capitale, alors en banlieue... J'ai pris le RER. Sur le quai, une dame m'a fait remarquer qu'il n'était pas nécessaire de lever le bras pour que le train s'arrête. C'est juste pour le bus. J'ai repensé à toutes les fois où j'ai dû lever le bras en vain et le rouge m'est monté aux joues. Deuzio, je n'ai jamais passé d'examen médical, à l'exception de celui de l'ISAF, juste avant de quitter l'Afghanistan, et il n'était pas bien compliqué. On écoute votre cœur, on prend votre pouls... Rien à voir avec celui-là, où, après avoir examiné mes yeux, un médecin m'a demandé de faire pipi dans un tube. Je me suis demandé s'il plaisantait. Mais non. J'ai tenté de discuter, en vain. C'était ça ou rien. Tertio, ils ont voulu prendre mon cœur en photo. Le monsieur m'a invitée à entrer dans une pièce, à m'y déshabiller (au point où j'en étais), et à patienter... La petite pièce était totalement vide, je me suis demandé comment ils parvenaient à prendre des photos ainsi. Mais s'il existe des pièces capables de monter et descendre à volonté – les ascenseurs –, je ne vois pas pourquoi il n'existerait pas de pièces capables de photographier... J'ai enlevé tous mes vêtements, j'ai attendu, le temps qu'ils puissent faire leur travail, puis je me suis rhabillée et je suis sortie. C'est là que la secrétaire du docteur m'a rattrapée pour me dire qu'il n'avait pas mes résultats, un problème technique sans doute. J'ai donc à nouveau dû rentrer dans la petite pièce, me déshabiller, attendre, et là, à ma grande surprise, une autre porte, donnant sur une grande salle pleine de machines, s'est ouverte. J'ai appris que la petite pièce était en fait un « vestiaire ». Et moi qui croyais qu'on m'y photographiait... Après cela, il m'a fallu retourner, avec mes photos, me faire examiner le cœur. Par chance, c'était une femme qui s'en chargeait, sinon je crois bien que je serais partie. J'y ai passé toute la journée, mais j'ai obtenu ma carte de séjour !

11 octobre 2003

Chez moi, il y a le ciel et il y a la terre. À Paris, je ne vois ni l'un ni l'autre.

15 octobre 2003

Benjamin et moi avons eu l'autorisation de sortir jusqu'à 8 heures. J'ai tourné en rond avec lui dans le quartier des Champs-Élysées. En fait, il ne connaît pas mieux Paris que moi, et nous n'avons jamais trouvé l'avenue des Champs-Élysées. Je voulais absolument l'inviter à dîner, mais tout est si cher. On a fini chez Quick, où la vendeuse m'a donné un petit menu au lieu d'un grand. Elle n'a pas compris ce que je lui ai dit. Elle n'avait pas le temps. Je ne sais pas où le temps passe à Paris. Il me faudrait un mois afghan pour accomplir ce que je fais en une journée française. Et malgré cela chaque jour me paraît trop court. C'est peut-être pour ça que les gens sont pressés. Ils marchent vite. L'autre jour, Khala Jon m'a demandé pourquoi je marchais si lentement dans la rue. Elle trouve que je traîne les pieds, que je suis toujours obligée de courir à petites foulées derrière elle pour la suivre. Je lui ai expliqué que chez moi, on marchait comme ça, que les gens qui courent ont quelque chose à fuir, que ni le climat, ni les vêtements, ni même les mœurs, ne se prêtent au « jogging ». Elle en a déduit que j'avais peut-être les pieds plats ! Mais avant de m'emmener chez un spécialiste – car c'est la grande maladie des Français, aller chez le médecin –, elle a examiné mes pieds et mes chaussures. C'est ainsi qu'elle a découvert que je chaussais approximativement trois tailles de moins que celle affichée par mes souliers. Khala Jon a eu l'air intrigué et m'a demandé pourquoi. Je lui ai répondu qu'en Afghanistan, on achète toujours les vêtements trop grands. D'abord, pour le cas évident où l'on grandirait. Ensuite, pour ne pas les abîmer. Enfin, pour pouvoir les donner. Jusqu'à ce que mes sœurs quittent la maison, tous les vêtements que je portais leur ont appartenu. Mais ces souliers m'ont été offerts tout exprès pour ce voyage.

20 octobre 2003

Khala Jon a une drôle de vie. Par exemple, la semaine prochaine, elle part toute seule pour l'Iran, en reportage, et me laisse aux mains de son frère. Je n'ai jamais vécu avec un inconnu. Khala Jon me dit que je n'ai rien à craindre, elle lui a demandé de s'acheter un pyjama, parce que d'habitude, dit-elle, il marche en caleçon dans la maison ! Oh là là !... Heureusement, Benjamin restera avec moi. Sa maman l'a adopté au Vietnam, quand il était bébé. Khala Jon a aussi une fille d'un premier mariage, Noémie, 25 ans. Elle est belle, intelligente (elle fait des études de médecine pour devenir psychiatre), mais elle vit chez son fiancé, sans être mariée ! Chez nous, une fille ne quitte la maison de son père qu'au lendemain de son mariage pour rejoindre la maison de sa belle-famille et ce jusqu'à la fin de ses jours. Mais, le plus étrange dans tout ça, c'est que ni Khala Jon ni son ex-mari n'y trouvent rien à redire. Ils ont même l'air heureux pour leur fille. En Afghanistan, à la place de Noémie, je me ferais d'abord lapider par les voisins, puis tuer par ma famille, pour laver l'affront. En même temps, Khala Jon ne peut rien dire, elle a aussi un fiancé. Elle, qui est mère de deux enfants, divorcée, elle a un fiancé... à son âge ! Et, là encore, personne ne bronche. J'imagine ma mère, qui est pourtant plus jeune qu'elle, dans pareille situation : mon petit frère ne lui adresserait plus la parole. Or Benjamin, lui, parle de Bruno le plus naturellement du monde. Avec une certaine fierté, même.

Le mariage de ma mère

En comparaison avec celle de Khala Jon, la vie de ma mère a l'air de sortir tout droit du Moyen Âge. Ma mère s'est mariée à 17 ans, après deux années de fiançailles (*engagement*, le terme anglais, me paraît en l'occurrence plus approprié). Les sœurs de mon père l'avaient repérée dans une fête et aussitôt choisie comme future belle-sœur. Ma grand-mère paternelle était alors allée demander sa main à ma grand-mère maternelle qui avait dit oui. Pourquoi ? Je ne sais pas. Mais c'est encore comme ça que cela se passe aujourd'hui !

La famille de mon père appartenait à l'élite intellectuelle de Kaboul, mais avait connu une certaine régression sociale. Mon grand-père paternel travaillait à la cour. Il était secrétaire du roi Amanoullah. Un poste envié, avec de grosses rentes. C'était un homme riche. Il est mort juste après la naissance de mon père, laissant derrière lui une belle maison. Ma grand-mère paternelle, en revanche, n'était jamais allée à l'école. Elle ne savait ni lire ni écrire. Et élevait ses enfants, sept au total (trois garçons et quatre filles), dans la tradition. C'était une vraie dure à cuire. À la mort de son mari, il lui restait la maison. Et rien d'autre. L'école était gratuite, mais il fallait bien nourrir les enfants. Elle travaillait dans un cabinet de voyance et lisait l'avenir moyennant quelques billets. Lorsque ma mère a épousé mon père, elle s'est installée chez sa belle-mère, comme le veut la coutume, avec son mari, les deux frères de celui-ci et leurs épouses. Évidemment, la vie tourna vite au calvaire. Ma grand-mère était une femme dure, qui n'aimait pas qu'on montre ses sentiments et encore moins quand il s'agissait de son fils avec sa femme. Elle encourageait aussi son fils à être impitoyable.

Ma mère était d'une grande beauté. Elle avait des yeux noirs très écartés, un nez fin, aquilin, un visage rond comme une poupée, et de longs cheveux noirs qu'elle portait détachés. Sous son œil gauche, on pouvait distinguer une petite tache de naissance en forme de larme. Elle l'a toujours aujourd'hui et la tache a bruni. « C'est d'avoir trop pleuré », me dit-elle parfois. En plus d'être d'une rare beauté, ma mère était une femme émancipée. Elle était instruite, cultivée, connaissait les rudiments du français. Elle s'habillait à l'occidentale, en tailleur-pantalon, ou en jupe. Le jour de son mariage, elle portait une longue robe blanche, choisie par ses belles-sœurs. Un modèle sans manches, décolleté sur la poitrine et dans le dos. C'était en 1980. La cérémonie s'est déroulée à l'hôtel, comme souvent. Le mollah a demandé à mes parents de répéter trois fois « oui ». C'était un très beau moment pour lequel mon père avait économisé pendant deux ans. Au lendemain du mariage, ma mère s'est installée dans la maison paternelle. Et les ennuis ont commencé.

Derrière la souffrance d'une femme, il y a toujours une autre femme. Pour ma mère, ce fut sa belle-mère. Mon père avait dépensé toute sa fortune pour ce mariage. Et sa famille s'était bien gardée de préciser à celle de ma mère qu'elle était ruinée. Résultat, après deux années de fiançailles idylliques où mon père sortait ma mère, et où sa famille, deux fois par an, venait lui porter quelques mets, en guise d'hommage, il n'y avait même plus de viande au repas. Que des légumes cuits. Mon père travaillait aux douanes et gagnait bien sa vie, mais sa famille demeurait pauvre. Ma mère a donc relevé ses manches. Elle avait son bac, plus deux années d'études supérieures, et a facilement décroché un boulot de prof. Mon père était jaloux comme un tigre. Il faut le comprendre : il était laid et laborieux, elle avait tout. Ce statut lui valait la haine de ses belles-sœurs, d'une, en particulier. Une paysanne qui venait d'un village du nord de l'Afghanistan et qui souffrait mal la comparaison... Les frères de mon père, en revanche, l'aimaient bien. Mais ma grand-mère paternelle veillait au grain. Elle attisait la rancœur de mon père, lui déconseillait tout signe d'affection, lui rabâchait que traiter sa femme avec mépris et brutalité était le seul moyen de s'en faire respecter. Par ailleurs, elle interdisait à ma mère de rentrer chez les siens et barrait la route à ses frères. Personne n'avait le droit de rendre visite à ma mère, encore moins sa famille. Les disputes s'enchaînaient et lorsque mon père levait la main sur son épouse, sa mère applaudissait. Il fallut attendre ma naissance pour que ma mère trouve enfin la force de demander à mon père de déménager : « Cette fois, c'est ta famille ou moi ! » Et nous sommes partis. Il faut dire qu'il l'aimait. C'est même ce qu'il fit de mieux dans sa vie : l'avoir choisie.

La trêve fut de courte durée. Quelques mois après que nous eûmes quitté la maison, ma grand-mère paternelle vint s'installer chez nous jusqu'à notre départ précipité pour le Pakistan. Elle est morte en 2003 à Kaboul. Et comme pour toutes les femmes de cette génération, on ne savait pas exactement l'âge qu'elle avait. Plus de cent ans, dit-on.

Pakistan

Au Pakistan, notre vie se détériorait rapidement et s'articulait principalement autour des disputes de mes parents. À Kaboul, d'après ce que j'en sais, mon père travaillait toute la journée. Le reste du temps, il le passait chez ses sœurs, chez sa mère, chez ses frères. On ne le voyait que rarement. À Islamabad, il était tout le temps là, dans l'encadrement de la porte. Prêt à gueuler. Il faut dire, à sa décharge, qu'en quittant son pays mon père avait tout laissé derrière lui : son travail, ses biens, sa dignité. Et qu'il y avait toujours quelqu'un, à la maison, pour le lui rappeler. Ce sont mes oncles expatriés qui nous finançaient. Ils avaient trois familles complètes à nourrir. La nôtre et celles de nos deux tantes qui vivaient alors encore au Pakistan. Une famille, chez nous, c'est huit personnes minimum. À ce rythme, les pensions diminuèrent vite, et nous nous retrouvâmes avec 100 dollars par mois. « Pas de quoi vivre, pas de quoi mourir », disait ma mère. Elle travaillait. Bien obligée. Et le courroux de mon père augmentait dès qu'elle sortait. Y compris au centre commercial. Tout ce qu'il tolérait difficilement en Afghanistan lui était devenu inadmissible à Islamabad.

Mon père était un homme strict, indifférent à ses filles, mais féroce avec sa femme. « Pourquoi travailles-tu ? lui rabâchait-il, tu n'en as pas besoin, les filles travaillent ! » Cela commençait ainsi et cela finissait mal. Il jetait les verres par terre ou contre le mur, hurlait de rage, tandis que ma mère se réfugiait dans la chambre. Une fois, nos voisins sont intervenus. Nous étions pétrifiés par la honte, jusqu'à ce que l'on comprenne qu'il se tramait des choses bien plus graves encore chez eux... Au moins, nous étions éduqués, on ne proférait pas de vulgarités. Mon père remettait ça, nuit après nuit. Et ce, depuis leur nuit de noces. Chez lui, on n'a pas besoin de sujets de discorde pour se disputer : si on a eu une mauvaise journée, alors on frappe sa femme. Mon père ne s'en privait pas. Sans boire, il était saoul.

Les premières années, ils se disputaient beaucoup. Puis, mes sœurs et moi avons commencé à nous interposer quand il la battait. Nous étions comme un mur. Il nous filait des claques, nous tirait les cheveux, nous lançait des coups de pied, nous griffait, mais nous ne cédions pas. Au contraire, plus ça allait, plus on rétorquait. Ce sont les séries télé indiennes qui nous ont beaucoup aidées. On y voyait des femmes battues, dont les maris étaient blâmés, réprimandés, parfois chassés du village. Le narrateur expliquait pourquoi il ne fallait pas frapper son épouse, les sanctions qu'un homme encourait. Je me souviens même d'un épisode où il donnait la position de l'Islam par rapport à ce problème spécifique, il y démontrait que certaines sourates du Coran condamnaient les hommes violents. Bref, la télé nous donnait les arguments dont nous manquions. Après quatre années passées au Pakistan, nous commencions à répondre à notre père, et à défendre notre mère. Cette dernière lui disait : « Ma mère et mes frères nous envoient de l'argent, nos filles travaillent, il n'y a que toi qui ne fais rien et, en plus, tu n'es jamais content ! » La dernière dispute, j'avais 10 ans et ma grande sœur, 16. Ma mère avait-elle oublié de lui demander l'autorisation de sortir dans la journée ? Ou avait-elle encore loué une carriole pour aller faire les grandes courses ? Celle-ci étant forcément conduite par un homme... Je ne sais plus. Au Pakistan, les Afghanes qui travaillaient étaient beaucoup plus indépendantes qu'au pays. Plus affranchies. Il était tard le soir. Nous étions dans la cuisine. Mon père s'en est pris à ma mère, et celle-ci, pour la première et l'unique fois de sa vie, s'est départie de sa passivité légendaire. Elle s'est emparée d'un couteau. Et a hurlé ce qu'elle avait gardé pour elle pendant tant d'années : « Maintenant, c'est fini : soit je te tue, soit je me tue ! » Il n'a rien fait. Et les choses se sont calmées. Aujourd'hui, mon père ne frappe plus ma mère. Il a peur de nous. Cinq filles contre un vieillard, même si on le respecte, ça fait beaucoup. À Kaboul, après chaque dispute, il disparaissait, on ne le revoyait plus pendant deux ou trois jours. À Islamabad, il se terre dans sa chambre, pour fumer. Je me rappelle les volutes passant sous la porte et remontant dans le salon comme un mauvais génie. Je n'ai jamais su, encore aujourd'hui, s'il nous aimait.

27 octobre 2003

Seb et Julie, mes deux amis d'Afghanistan Libre, m'ont invitée à la mer. En Bretagne. Je n'ai jamais vu la mer, mais j'en ai entendu parler. Nous sommes partis en voiture par l'autoroute. Nous avons roulé à 150 km/h. Si vite que les portes arrière semblaient aspirer le paysage. La Bretagne, c'est vert, avec de petites maisons qui ressemblent à des palais. La route est longue, mais une fois arrivé, quel bonheur de retrouver la nature et la lumière ! Seb et Julie m'ont bandé les yeux, et, après cinq minutes à me tordre les chevilles sur des galets, je l'ai vue, là, face à moi, éblouissante, immense, déchaînée comme une grosse langue large et râpeuse, la mer. Enfin, l'océan. La première chose qui m'a frappée, c'est son perpétuel mouvement. Il se pose là, plus loin, revient. Il fait du bruit, aussi. On dirait qu'il parle au ciel. Je suis triste qu'on n'ait pas d'océan en Afghanistan. Et, en même temps, je suis heureuse, parce que j'aurais trop peur qu'il nous avale.

Avec tout ça, j'ai oublié de manger. La nuit est tombée. Et pas l'ombre d'un muezzin à l'horizon pour lire les prières appropriées. C'est le début du Ramadan, un mois où l'on jeûne du lever du jour jusqu'au coucher du soleil. J'ai le cafard. D'habitude, à cette heure-ci, on trépigne en attendant l'obscurité, la rupture du jeûne, *iftar*. On prépare un grand dîner, c'est la fête, et l'occasion pour toute la famille de se retrouver. On mitonne tout un tas de petits plats : de la soupe, qu'on appelle *ach*, où se mélangent carottes, courgettes, petits pois, coriandre, etc. Des *bolani* (une sorte de crêpe fourrée), des *sambossa* (un genre de pizza), des *mantu* (des raviolis). Le plat de résistance est souvent un poulet rôti avec du riz et des légumes. On l'accompagne de fruits, de salades. Le muezzin lit des versets spécifiques du Coran, pour nous prévenir qu'il est bientôt temps de manger, et l'on fait un vœu avant la première bouchée. Mais, ce soir, il n'y a personne de ma famille avec qui rompre le jeûne.

28 octobre 2003

J'ai mal dormi, trop excitée par le vent, les paysages, l'océan. Seb et Julie ont acheté des croissants, j'adore les « viennoiseries », puis ils m'ont emmenée à la plage voir de drôles de petits animaux baptisés coquillages. Il n'y avait personne dans les rues. Seb m'a expliqué que c'était un week-end férié et qu'il faisait froid. J'ai l'impression que les Français sont toujours en vacances. C'est peut-être pour ça qu'ils marchent vite en semaine, ils donnent le change. Nous sommes allés au marché, j'ai retrouvé les coquillages de la plage. Beurk. Je me demande comment un être humain appartenant à un pays si développé peut engloutir des noms pareils : crabe, huître, moule. Non seulement, c'est difficile à dire, mais impossible à regarder (et, paraît-il, très difficile à manger). De ma vie, je n'ai jamais vu un spectacle plus répugnant. Pour déjeuner, la mère de Seb nous a fait des crevettes et du fromage. J'ai laissé tomber les premières, que je trouvais trop sales, au profit du second, qui sentait fort bon. Puis, je m'en suis tenue là, pour ne pas trop faire d'écart par rapport à mon jeûne. Et je me suis rattrapée le soir au resto sur une raclette et une grosse crêpe, deux spécialités délicieuses !

Vers 10 heures du soir, nous avons échoué sur le port. Il faisait froid et noir. Pour la première fois, depuis que je suis en France, je me suis sentie libre. Ici, je peux faire ce que je veux. Sortir avec mes amis, me balader la nuit, manger la journée. Je n'ai aucune interdiction, personne pour m'arrêter. Ça m'effraie un peu. Pas tant l'idée de faire des bêtises, je suis une fille responsable. Mais l'idée de m'habituer.

30 octobre 2003

On a fait du « shopping » toute la journée pour trouver un cadeau à la maman de Seb. J'ai l'impression d'être une touriste. Seb et Julie se comportent avec moi comme je le faisais avec eux en Afghanistan. Ils m'expliquent tout, me font découvrir des endroits qu'ils connaissent par cœur.

1er novembre 2003

Il faut rentrer. Seb dit qu'il « flotte ». Chez moi, on prierait pour une simple pluie. Ici, il y a la mer et, en plus, il flotte. Depuis la route, j'ai regardé l'océan une dernière fois. Arrivée à Paris, j'ai trouvé la maison déserte. Khala Jon et Benjamin sont partis en week-end dans le Sud. C'est la première fois que je dors sans personne sous un toit. Je me sens seule.

2 novembre 2003

Il pleut. Avant de sortir de la maison, j'ai hésité à prendre mon foulard, pour protéger mes cheveux. Je l'ai finalement pris, mais, une fois dehors, je ne l'ai pas mis : j'ai eu peur de passer pour une intégriste. Khala Jon habite le XVIIIe arrondissement. Il y a beaucoup d'Arabes dans ce quartier – ce qui me fait un drôle d'effet, car, chez nous, ce sont eux qui ont financé les taliban. Et beaucoup de filles voilées. Quand je les croise, j'ai envie de leur dire : « Mais pourquoi tu portes ça ? Tu n'es pas obligée. Chez moi, les femmes n'ont pas le choix. Et toi qui l'as, voilà ce que tu en fais. » Et en même temps, je suis étonnée par la violence que déchaînent ces femmes. J'ai vu à la télé l'histoire de deux filles renvoyées du lycée parce qu'elles allaient en cours voilées. Au nom de la liberté, la France interdit les signes ostentatoires d'appartenance religieuse à l'école et dans l'administration. Mais n'est-ce pas là, justement, une atteinte à la liberté d'autrui ? Faire ce que l'on dit vouloir éviter ? Aux États-Unis, où vit ma sœur aînée, on peut aller en fac avec tous les voiles de la terre, sans que cela pose problème.

D'après Gabrielle, c'est parce que le communautarisme est très important dans les pays anglo-saxons, à la différence de la France, où l'on rêve de brassage. Selon elle, l'école publique se doit de rester laïque pour mettre tous les élèves sur un pied d'égalité, à commencer par l'égalité des sexes homme/femme. Sur ce point, je la suis. Mais c'est donc une loi qui stigmatise surtout le voile. Donc, les musulmans. Donc, moi, même si je ne veux pas porter le voile ! Pour elle, le voile est un signe de soumission à l'homme. Certes, c'est aussi un signe de respect et de soumission envers Dieu. Et je ne sais pas si les Français se sentent très concernés par Dieu. Ici, personne ne prie. Quand je suis allée visiter Notre-Dame, l'autre jour, il n'y avait que des touristes. Dieu a déserté la ville. Il a été remplacé par la télé.

La télé n'est qu'amour. À chaque fois que je l'allume, je vois des gens s'embrasser goulûment. Pour tout et n'importe quoi : une biscotte, un clip vidéo. Quand je tombe sur des scènes d'amour à la télé, si je suis seule, ça va, je change de chaîne. Si on est en famille... je regarde ailleurs. Mais je voudrais disparaître. Me fondre sous la moquette. Le pire, c'est que Benjamin est là. Et il n'en perd pas une miette. Pour lui, c'est normal. L'autre soir, j'ai vu un film avec un homme nu qui sortait d'un lit. J'ai à peine eu le temps de me cacher les yeux pour crier : « c'est dégueulasse ! », que Khala Jon s'est emportée. Elle m'a demandé pourquoi je disais ça, m'a expliqué qu'un homme nu était quelque chose de naturel, et de beau, parfois.

Les Français ne pensent qu'à l'amour. Ils se tiennent la main, ils s'embrassent, ils se « hug ». Je ne sais pas quelle est la traduction française : ils s'accolent ? Ils se collent, en tout cas. C'est étrange de voir sur les trottoirs tous ces grands qui s'accrochent l'un à l'autre comme s'ils avaient peur de tomber. À Kaboul, ce sont les garçons qui se donnent la main. Jamais un garçon et une fille. Je me souviens que ça faisait beaucoup rire les Occidentales de croiser deux grands gaillards avec des têtes de tueurs se tenir par la taille, et, à l'époque, je ne comprenais pas pourquoi. Maintenant, je vois mieux. Ici, garçons et filles aiment se montrer ensemble. Ils en tirent une fierté. Ils disent : c'est mon Fiancé, ma Fiancée. Comme s'ils avaient gagné à la loterie nationale. On n'est rien sans amour. J'aime, donc je suis. Je ne sais pas si l'amour existe chez moi. Pas plus que le régime, je crois.

Ce soir, Noémie a fait une fête à la maison. Elle m'a gentiment invitée. Il y avait beaucoup de monde. La porte a sonné, je vais ouvrir, un garçon s'approche, je me demande ce qu'il me veut, s'approche encore, je me retourne, il se penche et m'embrasse sur la joue. Mes jambes se sont mises à trembler, le sang m'est monté aux joues, j'avais le cœur qui battait si fort que j'ai cru défaillir. C'était la première fois qu'un garçon m'embrassait. Je n'ai jamais vu mes parents s'embrasser. Et je crois bien que, de ma vie, mon père ne m'a jamais donné un baiser.

3 novembre 2003

J'ai enfin commencé mes cours à l'Alliance Française, boulevard Raspail. Je ne peux pas croire que je sois vraiment là. C'est une belle et grande école. Nous sommes une vingtaine par classe, que des étrangers dont les parents sont de passage à Paris, ou bien qui ont été envoyés là pour apprendre le français. Au programme : français oral, français écrit, français littéraire, français juridique, français des affaires... Français, quoi ! Pour le premier cours, je me suis assise n'importe où. Mais ici, tout le monde parle en classe. Pas comme chez nous. Du coup, je me suis mise au premier rang. Si seulement les miens pouvaient me voir ! Je suis la seule à avoir eu mon bac dans la famille. Je l'ai passé avec deux ans d'avance, à 15 ans. Bac général, option langues. Une fois de plus, c'est à ma mère que je le dois. Quand nous sommes arrivés au Pakistan, elle a tout de suite tenu à m'inscrire à l'école. Les écoles pakistanaises refusaient les élèves afghans. Officiellement parce que nous n'étions pas en règle. Officieusement, il s'agissait de discrimination pure et simple. Ma mère a pleuré, supplié la direction qui nous réclamait un certificat de naissance, ce que nous n'avions pas, pour la simple raison que, chez nous, cela n'existe pas. Mais, à force de ténacité, de pugnacité, et peut-être parce que nous faisions partie des premiers réfugiés (après ils refuseront toutes les demandes), ils ont fini par céder. Et je dois dire que là-bas, je n'ai jamais ressenti la différence entre les autres élèves et moi. Paki ou afghans, nous étions des enfants. C'était une école publique, un vieux bâtiment jaune et blanc, avec un terrain vague clos de murs en guise de cour, pour les récréations et l'exercice physique. Nous faisions de la gymnastique tous les jours. Sans changer d'uniforme. Nous marchions au pas et chantions des chants patriotiques en cadence au rythme du sifflet de la prof, et ce, généralement vers midi, l'heure la plus chaude de la journée.

À la fin du primaire, la direction de l'école a refusé de me garder. Ma mère m'a donc inscrite à un cours privé afghan, dans une autre ruelle résidentielle à deux pas de chez nous. C'était une petite maison sur un étage au style typiquement paki : meringue et colonne dorique, avec vitre coulissante marron et cour à faux dallage. Nous étions environ quinze élèves par cours, il n'y avait qu'un ventilateur et pas assez de chaises pour toute la classe. Des conditions de travail assez déplorables, que je mesure surtout depuis que je suis ici, dans cet amphi. Je parlais dari, mais ma mère, en bonne prof, voulait aussi que j'apprenne à lire et à écrire le persan.

Une fois mon bac en poche, je n'ai bien sûr pas pu intégrer la fac, strictement interdite aux Afghans. Et là, pas de dérogation possible. J'ai donc pris le problème à l'envers en donnant des cours d'anglais, qui me rapportaient environ 20 dollars par mois et me permettaient de prendre des cours d'informatique. Mon père était content de cet arrangement.

6 novembre 2003

Toutes les semaines, on me pose la même question : est-ce que j'ai rencontré un garçon ? Que ce soit Khala Jon, Gabrielle, Aurore... Et depuis que j'ai commencé les cours, c'est pire ! Comment leur expliquer ? Je crois que l'amour n'existe pas. Enfin, il existe, pour un temps. Et je refuse d'avoir des rapports amoureux pour passer le temps. Je préfère lire un livre, parler à ma sœur, ou regarder un bon film. Évidemment, quand je dis ça, les gens prennent l'air désespéré. Ils savent pourtant que je ne suis pas là pour m'amuser. Il y a une frontière entre s'adapter et adopter. En Afghanistan, le mariage est obligatoire. Mais je pense que mes parents préféreraient me voir seule – ce qui est une honte – plutôt qu'avec un Français – ce qui est un malheur. En France, on cherche l'amour de sa vie, tout en sachant qu'il durera au mieux quelques mois. L'amour, en fait, se résume au rapport sexuel. Au début, on est tout excité, et, après, on dit qu'on s'est trompé ! Je ne vais quand même pas quitter ma famille et mon pays pour un homme qui va me quitter. Car, en plus, j'ai l'impression que les Françaises ont beau se dire libres, à 40 ans, c'est la quarantaine, comme partout. Les hommes mettent les voiles vers des contrées plus fraîches, des filles plus jeunes. La différence avec mon pays, c'est que, chez moi, les hommes ne partent pas complètement, puisque l'Islam leur donne le droit d'avoir jusqu'à quatre épouses sous le même toit.

Dans ma famille, je ne connais qu'un exemple de bigamie, une tante paternelle dont le mari a épousé une femme plus jeune. Je l'ai appris un peu par hasard. Au Pakistan, je ne savais même pas que ça existait. Mais c'est assez rare. Ce n'est pas l'envie qui manque, plutôt les moyens. Entretenir une femme, ça coûte cher. En Afghanistan, c'est une tradition essentiellement provinciale. Quand un homme gagne beaucoup d'argent, il s'offre une femme. La précédente ne peut rien dire. Si elle demande le divorce, elle est marquée du sceau de l'infamie, doit retourner chez ses parents qui font généralement tout pour la décourager, et, surtout, elle perd la garde des enfants. De toute façon, seul son mari peut lui accorder le divorce. Et une séparation, plus qu'un échec, est une honte pour toute la famille. Alors, pour se venger de sa nouvelle rivale, il n'est pas rare qu'une première épouse pousse son mari à en prendre une troisième dans le seul but de la rendre jalouse !

Les Afghans ont parfois un double langage. Ils paraissent très ouverts quand ils sont avec les étrangers, mais restent, en privé, très attachés à la tradition. Surtout quand il s'agit de leurs épouses, de leurs sœurs, ou de leurs filles. Et je crois que si les taliban n'avaient pas été aussi cruels avec les hommes, ces derniers ne se seraient pas battus pour les droits de la femme ! C'est pourquoi je me méfie d'une société dominée par les garçons. Je pense que le salut viendra des femmes et de leur détermination à s'émanciper. Ce sont toujours des femmes qui m'ont aidée. Les hommes, eux, ne changeront jamais... Un jour, je me baladais dans les rues de Peshawar avec mes cousines. Nous étions parfaitement décentes, voilées, etc. Tout d'un coup, on entend des types derrière nous crier : « Oh, vous êtes belles les filles ! Qu'est-ce que vous faites ? Vous ne voulez pas sortir avec nous ? » On se retourne pour les envoyer balader : c'étaient nos cousins ! Pas étonnant, après ça, qu'ils empêchent leurs sœurs et leurs femmes de sortir. Ils se connaissent bien. Mais plutôt que de changer leur comportement, ils préfèrent brimer celles qui soi-disant le déclenchent. En Afghanistan, c'est pareil. Impossible de marcher dans la rue sans se faire aborder. Surtout à Kaboul, où, après le départ des taliban, la ville a été envahie par des campagnards. Là, on a beau se couvrir, et se couvrir encore – je me souviens que je tenais mon foulard avec les mains de peur qu'il ne glisse –, rien n'y fait. Ils apprennent, ils voient quand même. Souvent, quand un étranger vient en Afghanistan, il me demande à quoi ressemblent les femmes et comment font les hommes pour les regarder, les apprécier, les désigner. Je leur réponds que les rencontres ne se font pas comme ça, que tout passe par la famille, et qu'avec le tchadri, bien sûr, c'est plus dur. Mais ils repèrent les détails : si la femme est maigre, la qualité de ses chaussures, les tatouages sur ses mains... Et très vite, ils se font une idée.

De toute façon, les relations entre hommes et femmes sont en Afghanistan totalement biaisées. Et ce, dès le plus jeune âge. Par exemple, il n'y a pas d'école mixte. On ne sait rien des garçons et les garçons ne savent rien de nous. Très tôt, donc, les seuls rapports envisagés sont sexuels. Plus tard, c'est pareil. Quand j'ai surpris des employés en train de regarder un film porno, cela m'a gênée. Pas en soi, mais parce que j'ai l'impression qu'ils ne parlent plus avec moi, mais avec mon corps. C'est aussi pour ça qu'ils disent à leur sœur et à leur femme de porter le tchadri. Pour ne pas avoir à croiser ce genre de regard, qui va transformer leur femme en objet. Croyez-le, c'est un regard difficile à soutenir et même moi, à la longue, j'ai fini par vouloir me réfugier, m'échapper, « m'évader » sous le tchadri. Je ne l'ai pas fait. Mais c'est un cercle vicieux.

Khala Jon me dit que les Français sont différents des Afghans. Je n'en doute pas. En attendant, je la vois, féministe convaincue, obligée de faire des concessions, de s'occuper de ses enfants, de son fiancé, et je me dis que je ne veux pas de cette responsabilité. Je veux bien faire ce qu'elles me disent, elle ou ma tante, mais pas obéir à un homme. Ça, jamais ! Je veux être libre. Je suis en France pour être libre. Il paraît qu'ici justement, « une fille libre », ça sous-entend « bonne à marier ». On se croirait chez moi.

Tante Chekeba

Ma tante Chekeba a 30 ans et elle n'est pas mariée. Ce qui est fréquent en France. Ce qui l'est moins, c'est son enfance. Tante Chekeba est arrivée à Paris à 11 ans. Mais a vécu comme une Afghane jusqu'à 25 ans. Installée avec ma grand-mère et mes oncles dans un appartement à Châtenay-Malabry, elle était interdite de sortie sauf pour aller à l'école. Le reste du temps, elle cuisinait, lavait, rangeait, repassait les vêtements et s'occupait des enfants de ses frères. Elle était l'unique fille de la maisonnée. Lorsqu'elle obtint son bac, avec mention, il fut question de la marier. Mais ma tante se rebella et rompit les liens avec une partie de sa famille. Elle poursuivit ses études de commerce et, une fois son diplôme en poche, décida de retourner en Afghanistan. Pour voir. C'était en 1998, en pleine période taliban. Évidemment, toute la famille s'y opposa.

Ma tante en avait vu d'autres. Sa fuite d'Afghanistan à travers les montagnes, puis ses années d'asservissement en France lui avaient forgé un caractère en acier. En 1998, il était quasi impossible de rallier l'Afghanistan, presque entièrement sous contrôle taliban. Seule la région du Panshir, fief du commandant Massoud, offrait une relative sécurité aux étrangers. Ma tante prit donc l'avion jusqu'à Douchambé, au Tadjikistan. Puis un vieil hélicoptère de l'armée complètement pourri qui vola tant bien que mal jusqu'à destination. J'aime le Panshir ! Ses montagnes à perte de vue, enneigées la moitié de l'année. Ses petits villages arides en terre et en pierre qui s'accrochent aux rochers, et laissent place, dans la vallée, à une rivière qui ondule au milieu des champs de cerisiers et de pruniers. Ses gamins au regard bleu-noir qui jouent au foot ou vendent des oranges sur les sentiers. Ses cimetières de chars d'assaut soviétiques qui bordent la route (les chenilles de tank, elles, servent de ralentisseurs). Ses maisons de thé, ou *tchaïkhona*, réservées aux hommes, escales pour étrangers, où des vieillards enrubannés ont pris racine sur des lits tressés. Le Panshir est une région pure... et pauvre. Les gens y vivent de manière extrêmement rudimentaire dans des maisons offertes au froid glacial de l'hiver. La nourriture y est aussi rare que l'eau propre. Les maladies courent les villages et rattrapent les plus jeunes, les plus tendres, alors que la guerre a fauché leur père, laissant une épouse, une famille, dans la misère. La vie, là-bas, c'est la mort.

Ce retour aux sources fut un vrai choc pour ma tante. Je ne connais pas son périple dans le détail, je sais juste qu'elle a rencontré le commandant Massoud et qu'elle a circulé dans cette région, coupée de tout, seule poche de résistance face aux Soviétiques, puis aux taliban. À son retour à Paris, elle a tout laissé tomber pour monter une ONG. Elle a fait bâtir une école, puis deux, dans le Panshir. Des ateliers de couture, un centre de santé. Aujourd'hui, ma tante est diplomate à l'ambassade d'Afghanistan de Bruxelles. Elle porte les cheveux courts comme un garçon et c'est mon modèle de femme.

8 novembre 2003

Je suis morte ! Je jeûne tous les jours, je dors en cours, jamais je ne me suis sentie aussi crevée. En Afghanistan, où je faisais aussi Ramadan, je me portais mieux. Sans doute parce que dans les pays islamiques, les gens travaillent moins durant cette période. L'activité retombe. Et personne ne mange. Même les restos et les *tchaïkhona* ferment ! Ici, c'est terrible, je suis cernée par les petits déjeuners, les en-cas, les déjeuners, les goûters, les apéros. Et le pire, c'est que j'ai beau me retenir, je sens les odeurs de cuisine partout, dans la rue, à l'école, dans l'immeuble. Le plus dur, c'est le matin, aller en classe sans café. C'est fou comme on s'habitue vite au café. Je m'assois sur ma chaise et le cours devient un lointain babil, un gazouillis inepte. Ma prof s'évapore peu à peu, j'ai les doigts de pied gelés, la tête bouillonnante, et une heure passe sans que je me sois rendu compte de quoi que ce soit. Je prends mes notes en pilotage automatique, les yeux artificiellement écarquillés, mais à l'intérieur, je m'éteins. De temps en temps, un gargouillis plus rebelle que les autres me tire de ma torpeur et puis je m'effondre à nouveau. Je suis vidée. Vide.

Toutes mes valeurs sont remises en cause à chaque instant. Je ne sais plus quoi penser. Ce soir, j'ai de la fièvre. Je n'ai rien dit à Khala Jon, qui a tout deviné. Elle m'a donné des médicaments, et m'a expliqué que d'après le Coran, on pouvait repousser le jeûne si on était malade ou enceinte. Selon elle, je fais mes études, c'est une chance, j'ai besoin de force et il serait dommage que je m'affaiblisse de la sorte. Je suis sous sa responsabilité et elle ne veut pas me voir malade. Un peu plus et elle me faisait hospitaliser ! Je la comprends, et, en même temps, je jeûne depuis que je suis adolescente. J'ai l'impression d'abdiquer sur tellement de points déjà depuis que je suis là, que faire Ramadan, pour moi, c'est un moyen de me raccrocher à quelque chose de vital. De garder le contact avec les miens. Je me sens si seule. Ma mère me manque. Quand je suis malade, elle dort avec moi, me tient la main toute la nuit. Je sens sa présence apaisante à mon côté. J'en deviens presque heureuse de devoir garder le lit. Mes sœurs sont là aussi. Chez nous, on dort tous ensemble. On se parle jusque très tard dans la soirée. On se raconte des histoires, des ragots de famille, ce qui s'est passé dans la journée. Ça me fend le cœur d'y penser. Je veux retrouver cette chaleur. Ici, c'est sûr, on a beaucoup d'amis. Des amis d'enfance, des amis de bureau, des amis pour les vacances. On a des amis partout, même à l'étranger. On les croise dans la rue, on les reçoit pour dîner, on les emmène faire du sport, on va prendre un café, on leur confie notre sort. On a des amis à tous les âges. On leur parle la journée, et le soir encore, on leur téléphone, on leur envoie des textos, on va au resto. Mais le soir, la lumière s'éteint, et puis plus rien. En Afghanistan, on n'a pas d'amis. On a la famille. On n'a pas de gros matelas, mais je préfère dormir par terre et pouvoir pleurer dans les bras de ma mère. Tout le monde me dit que ce séjour est la chance de ma vie. C'est vrai, mais personne ne dit à quel point c'est dur de s'acclimater. La chaleur me manque. Même la salle de bains est froide. Le matin, quand je mets les pieds sur le carrelage, je ne peux pas m'empêcher de penser à nos bains. Tous les vendredis, avec mes sœurs, on fait hammam à domicile. On chauffe de grands bacs d'eau, on les pose dans la salle de toilette, très vite la fumée monte et, chacune à notre tour, on se douche. Le plus dur, c'est évidemment pour la première. Puisque la salle est moins chaude. La suivante bénéficie des vapeurs de la précédente et l'idéal est de se trouver au milieu. L'une après l'autre, on se frictionne énergiquement. On utilise du savon noir et on gomme avec un gant spécial. Notre mère nous lave le dos, ça dure des heures, et, à la fin, on a la peau plus douce qu'une reine. Après, on se repasse le grand drap de bain et on enfile des vêtements tout propres et bien repassés qui sentent encore la lessive et le soleil.

J'ai envie de tout arrêter. De rentrer chez moi, retrouver ma famille. Mais je pense à mes sœurs, qui étaient déjà toutes mariées à mon âge. Je pense à ma mère, qui m'a fait confiance, sans se soucier du qu'en-dira-t-on. Je pense à Khala Jon et à ma tante, qui se sont donné tant de mal pour que je puisse faire mes études, échapper à un destin tout tracé... Et je me dis que je n'ai pas le droit de tout abandonner. J'ai une mission à remplir. Profiter de la chance qui m'a été donnée, étudier, rentrer au pays et aider les miens à s'en sortir et pas uniquement à le quitter. Car pour beaucoup, la seule issue, c'est partir. Quitter l'Afghanistan, pour peut-être, un jour, y revenir. Mais jamais ils ne reviennent. La diaspora envoie de l'argent, mais prend goût au confort. Une fois qu'on a connu des toilettes modernes, on a du mal à revenir en arrière.

12 novembre 2003

Pour ses 50 ans, Khala Jon nous a invités, Noémie, Benjamin et moi, dans un vrai restaurant, pas un café. Au début, je ne voulais pas y aller. J'avais honte de me faire inviter et peur de déranger. Mais Khala Jon m'a répondu que la soirée était réservée à ses enfants et que j'étais la bienvenue, évidemment.

En fait, le restaurant se trouve tout en haut d'un musée. Nous avons pris les escalators. Arrivés au dernier étage, ce fut le choc : on pouvait voir tout Paris illuminé, les serveurs portaient de beaux costumes, il y avait des fleurs partout. J'ai offert une rose à Khala Jon, comme elle me l'avait suggéré, il y a longtemps. Mais j'avais tellement peur de me tromper qu'en lui tendant la fleur, je lui ai demandé : « c'est moche, non, les roses ? » pour savoir si elle aimait. Elle lui a beaucoup plu. Le maître d'hôtel a apporté le menu. C'était cher, comme d'habitude. J'ai cherché le plat le plus abordable... « Une salade d'herbes ! » Je ne savais pas en quoi cela consistait, mais ça nous a bien fait rigoler. Au milieu du dîner, je suis allée aux toilettes, qui se situaient pile au milieu du restaurant. Drôle d'idée. Pas très discret, en tout cas. Les wc ressemblaient à une cabine de navette spatiale russe, les portes s'ouvraient toutes seules, et j'avais l'étrange impression de faire pipi au milieu de la salle, mais bon. Au lavabo, j'ai cherché l'eau pendant cinq minutes. Elle a coulé d'un coup, je ne sais pas comment. Khala Jon nous a tous invités. Avant de partir, nous lui avons donné nos cadeaux. Pour faire émancipée, je lui ai offert un chemisier Zara bordeaux complètement transparent. Elle m'a dit qu'avec un pull à col roulé dessous ce sera parfait ! Au moment de redescendre, Benjamin a pris les escalators à l'envers. J'ai repensé au premier jour de mon arrivée, à ma peur panique en découvrant ces drôles d'escaliers, et j'ai fait comme lui ! C'était une merveilleuse soirée.

20 novembre 2003

Il y a une chose que je n'ai pas dite à propos de ma mère. Un événement qui m'a profondément marquée, et je ne savais pas, jusqu'à présent, si je devais en parler...

De notre fuite vers le Pakistan, en 1992, j'ai tout oublié. Si ce n'est qu'il faisait chaud, que c'était long et que j'ai vomi pendant tout le trajet dans une grosse bassine en plastique rouge qu'avait emportée ma mère. Le bus était bondé – j'étais assise sur les genoux de ma sœur –, et nous secouait dans tous les sens, même si les routes fonctionnaient alors bien mieux qu'aujourd'hui. Nous étions partis à 4 heures du matin, afin de ne pas éveiller les soupçons, le trajet était sans arrêt jusqu'à Peshawar, où nous sommes arrivés vers 9 heures du soir. En ce mois de septembre, il faisait une chaleur d'enfer. Nous n'avions rien. Et c'est une sœur de mon père qui nous hébergea en attendant qu'une autre tante, maternelle cette fois, nous emmène chez elle, à Islamabad. En fuyant l'Afghanistan, nous n'avions pas pris d'argent. Ça n'était pas le moment, et puis nous étions censés revenir au plus vite. Au bout de quelques mois, voyant que la situation ne s'améliorait pas, ma mère dut se défaire de ses derniers bijoux. Nous ne pouvions pas vivre éternellement au crochet de mes oncles expatriés ou de mes tantes du Pakistan, alors qu'eux-mêmes subsistaient difficilement.

Au bout d'un an, la situation devint intenable. Ma mère tentait de trouver un boulot de prof, mais elle ne parlait pas la langue. La communauté afghane était très mal vue au Pakistan. Nous étions des exilés, des chômeurs, des profiteurs, entretenus par leur famille à l'étranger, responsables de la hausse des prix, du chômage, du boom immobilier. Les femmes, en particulier, étaient dures. Elles reprochaient aux Afghanes, reconnaissables à leur peau claire, leur mise et leurs manières, de tourner la tête de leurs maris. À Islamabad, il n'y avait pas de tchadri. Certaines femmes portaient la burqa, les trois voiles iraniens, et à Lahore on croisait des filles en jean et t-shirt. Les Pakistanaises parlaient mariage toute la journée et tout le monde savait que les Pakistanais ne priaient que le vendredi. Ils étaient bien moins pieux que nous. Ce qui ne les empêchait pas de nous traiter avec mépris et de nous demander à chaque coin de rue quand est-ce qu'on débarrassait le plancher. En fait, les taliban, originaires du Pakistan, étaient chez nous comme des rois et chez eux, nous n'étions rien.

Mes sœurs et moi avions pour mission de ne pas nous faire remarquer, de ne pas attirer l'attention, et, surtout, de ne pas répondre à qui que ce soit, histoire de ne pas avoir d'embrouilles avec la police. À chaque fois que nous mettions un pied dehors, c'était la peur au ventre et la tête farcie de recommandations. Après plusieurs mois, ma mère perdit tout espoir de retrouver un emploi. Les Pakistanais, déjà, avaient du mal. Alors une Afghane ! Au bout d'un an, donc, maman devint, je ne sais comment le dire, elle devint... femme de ménage. Elle est passée du stylo au balai. Comme ça. Mon père, lui, ne voulait pas quitter son stylo. Alors, il n'a rien fait. Son employeuse était une Pakistanaise, une femme gentille, qui avait honte de faire briquer sa maison par une ancienne prof. Professeur, en Afghanistan, est un métier respecté. Pas comme ici. Quand le professeur parle, on se tait. Il y a même une fête des instituteurs, chez nous – comme il y a une fête des mères chez vous –, où l'on prépare des cadeaux, des chansons, des poèmes pour celui ou celle qui va nous éduquer. J'étais moi aussi gênée. Terriblement. J'avais 6 ans et je me sentais responsable. Dans mon pays, le travail manuel est réservé aux analphabètes. Personne ne devait être au courant. Et personne, hormis ma tante, ne savait à quel point ma mère se rabaissait pour nous nourrir. Elle trimait du matin au soir. Dès qu'elles furent en âge de gagner de l'argent, mes sœurs aînées lui prêtèrent main-forte, en se faisant discrètement engager dans un atelier de couture. C'était mal vu, parce qu'il y avait beaucoup d'hommes. Et là encore, nous gardions le secret. Pour ma part, j'étais chanceuse. Je m'adaptais bien à ce nouveau pays que je considérais déjà comme le mien. À part la chaleur des mois d'été, j'allais à l'école, j'avais des copines, je jouais dans la rue... Plus tard, maman est redevenue prof de dari dans une école afghane. Mais la culpabilité ne m'a jamais quittée.

24 décembre 2003

C'est « Noël ». Khala Jon m'a expliqué qu'il s'agissait d'une fête pour les enfants. L'occasion de s'offrir des cadeaux. Encore des cadeaux ? Il y a déjà eu l'anniversaire de Noémie, celui de Khala Jon, bientôt c'est au tour de Benjamin... Le problème, avec les cadeaux, c'est que je ne sais pas les choisir. J'y réfléchis toute la nuit, je passe chaque instant libre de la journée à arpenter désespérément les boutiques, j'investis toutes mes économies et, malgré ça, j'ai toujours l'impression de tomber à côté et que personne n'ose me le dire. Par exemple, j'ai offert un jean à Benjamin. Il m'a demandé pourquoi, vu qu'il en avait plein. Je lui ai répondu que les siens étaient tout troués. Il m'a remerciée, mais je sentais bien que quelque chose clochait... Pour la soirée, j'ai promis à Khala Jon de mettre une jupe. Pas vraiment une mini-jupe, une jupe longue. Elle me l'a offerte, il y a longtemps déjà, mais je n'ai toujours pas osé la porter. Pour être honnête, il y a une fente dans cette jupe et je ne sais pas comment la placer.

Khala Jon part avec Benjamin pour Marseille rejoindre sa mère, nous avons donc fêté Noël avec trois jours d'avance. C'est comme ça. De toute façon, je pense que cette fête est davantage un prétexte à s'offrir des paquets qu'un témoignage de foi. La mère de Khala Jon est malade et vit dans le sud de la France. Je suis choquée que Khala Jon n'habite pas avec elle. Elle héberge des amis, elle m'accueille à bras ouverts, le cœur sur la main, mais sa mère, qui est veuve, habite loin. Elle m'a expliqué que, passé un certain âge, on vivait rarement chez ses parents. C'est triste. Nous, on vit avec nos vieux. On les respecte, on les écoute, on leur demande leur avis. Vieillir est le meilleur moment de la vie. C'est un apaisement. Les femmes ne sont plus sous l'autorité de leur belle-famille. Elles exercent plus que jamais leur pouvoir sur leur descendance. Une fois encore, c'est l'opposé d'ici, où les jeunes sont rois. Je vois Benjamin, on n'arrête pas de lui demander s'il va bien, s'il n'a pas froid, ce qu'il veut manger, regarder à la télé... C'est marrant, parce que je ne me souviens pas que mon père m'ait jamais prêté la moindre attention : jouer avec moi, raconter une blague. Quand je compare l'enfance de Benjamin et la mienne, la différence est la même qu'entre le ciel et la terre. Il a parfaitement conscience de son importance, du fait d'exister en tant qu'être humain. Cela se traduit par le courage de parler et, surtout, de refuser. S'il n'aime pas quelque chose, il le dit. À son âge, je ne savais pas ce que c'était que d'aimer ou de détester. De même que je n'ai jamais eu la permission de dire non. Chez nous, les enfants n'ont pas droit à la parole, ils sont quantité négligeable, ils mangent avant les grands et ne répondent pas à leurs parents. Je n'ai jamais vu des jeunes manifester dans la rue !

jusqu'au dernier jour. Je ne sais pas si ce sont les montagnes qui nous coupent du monde en Afghanistan, ou la chaleur qui nous anesthésie au Pakistan. Non, je pense que c'est la misère qui nous paralyse. Toutes nos ressources, physiques et financières, sont employées à trouver un toit et un repas. Comme le dit ma mère, le luxe, chez nous, c'est de manger chaud et de boire froid. Malheureusement, c'est souvent l'inverse : on mange froid et l'on boit chaud – du thé, encore du thé. Ici, je ris, parce qu'on est arrivé à un tel stade de consommation qu'on mange indifféremment chaud ou froid tant que c'est 0 % de matière grasse et qu'on ne grossit pas !

Plus sérieusement, en France, on bosse pour acheter une voiture et un appartement. Puis, on bosse encore, pour une plus belle voiture et un plus grand appartement. Ou l'inverse. J'ai visité le château de Versailles, l'autre jour. C'est grand. J'ai visité les jardins qui s'articulent autour du principe de la perspective : voir loin. On a du mal à voir loin avec le ventre vide. La vue se brouille. Mais moi, j'ai l'impression de me remplir, et tout ce que j'apprends ici, je compte bien m'en servir là-bas. Au début, je pensais que ma simple présence en France tenait du miracle. Maintenant je sais que je la dois davantage à la détermination de certaines personnes qu'à une intervention divine. Je sais qu'il faut se battre. Ne pas penser « c'est comme ça ». Si j'ai changé en si peu de temps, pourquoi pas les autres, pourquoi pas les miens ? Une ville nouvelle, une vie nouvelle, incertaine, est en train de voir le jour dans les faubourgs d'Afghanistan. C'est maintenant qu'il faut agir. Voilà ma bonne résolution pour le nouvel an.

13 janvier 2004

À l'Alliance Française, le prof nous a appelés « les jeunes ». J'ai pensé : « Ah bon, c'est moi, les jeunes ? » Je ne m'étais jamais envisagée sous ce biais. L'espérance de vie, en Afghanistan, est de 45 ans et demi. À 17 ans, c'est-à-dire à mon âge, une fille est mariée, avec des enfants. C'est une femme. Mais une femme, ici, c'est Khala Jon. Une personne qui affiche dans les 40-50. Et à 17 ans, je ne suis qu'une fille... Cela me plaît d'être jeune. Je ne sais pas comment le dire, c'est un drôle de sentiment que je n'avais jamais ressenti. Parfois, j'oublie. Et puis ça me prend d'un coup, une bouffée de liberté, comme un trésor que j'aurais trop bien caché et qui réapparaît par surprise : « Ah, c'est vrai, je suis jeune ! » Cela vient comme ça, au détour d'un fou rire avec Benjamin ou d'une phrase. Ma tante qui me dit : « Tu es jeune, ça n'est pas grave. » Ou un prof qui me demande ce que je veux faire dans la vie – on ne m'avait jamais demandé ça jusqu'ici – et me répond que « j'ai tout le temps d'y penser ». J'ai le temps...

C'est étrange : plus j'ai l'impression de manquer de temps pour faire ou apprendre quelque chose, plus j'ai l'impression d'en avoir. On me donne du temps. Une parenthèse. Je n'ai pas besoin de me marier, de travailler, de faire des enfants, je peux vivre pour moi. Je peux étudier, m'amuser, profiter de toutes ces choses que je jugeais inutiles et futiles à mon arrivée. Hier, par exemple, je suis allée prendre un café avec Seb. C'était la première fois que je sortais seule avec un garçon, même si Seb est comme mon frère. Khala Jon et ma tante Chekeba, à ce propos, se moquent de moi. Elles me disent que lorsqu'il est question d'un garçon, je l'appelle toujours « mon frère », pour désamorcer les questions et éviter toute ambiguïté. C'était vraiment sympa. De bavarder, comme ça, dans un café. Traîner. Ne rien dire de particulier. On devait se voir une heure, on est restés deux heures.

Chez moi, ces années « égoïstes », ce moment où l'on n'est plus un enfant et pas encore un parent, n'existent pas. En Afghanistan, on passe directement du statut de petit à celui de grand. Surtout les femmes. Pour les garçons, bien sûr, c'est un peu différent. Comme partout ailleurs, ils ont le droit de faire quelques bêtises avant de réintégrer le rang. Et puis, il leur faut du temps pour amasser de l'argent et pouvoir se marier. Cela retarde l'engagement, les responsabilités, l'entrée dans l'âge adulte. Ici, c'est encore une autre histoire. On est jeune jusqu'à très tard ! On flirte avec l'adolescence à 12 ans, mais je ne sais pas si on la quitte un jour. Parfois, je croise des amis de Khala Jon qui ont 30, 40 ou 50 ans : ils portent des baskets, mangent des bonbons, ne pensent qu'à l'amour. Khala Jon essaie de leur trouver un nouveau fiancé, elle dit : « Avec qui est-ce qu'on pourrait la caser ? » Ces adultes sont comme de grands enfants. À côté d'eux, je me sens mature. Responsable.

Presque vieille. Mais je les comprends. Les Occidentaux ont peur de vieillir. Ils ne croient plus en Dieu et ont peur de mourir. Moi, je n'ai pas peur de la mort, j'ai peur de Dieu. Je crois à l'Enfer et au Paradis. Je crois qu'on est là pour donner un but à la fin de sa vie.

À côté de Benjamin, en revanche, j'ai l'impression d'être une enfant. À 12 ans, il connaît des choses de l'amour, des mots, des expressions, dont je n'ai même jamais entendu parler ! L'autre jour, il m'a offert un petit livre, *Le guide du zizi sexuel*. Oh là là... Je n'ai pas encore osé l'ouvrir. Une jeune fille ne doit pas savoir ces choses-là. Il m'a poursuivie dans tout l'appartement avec un dessin d'un petit garçon qui avait un trou dans son pantalon par lequel on pouvait passer son doigt. Mais Benjamin sait aussi être sérieux sur le sujet. Un soir, à table, Khala Jon m'a donné un cours d'éducation sexuelle et d'anatomie féminine. Elle m'a expliqué le cycle hormonal, l'ovulation, les bébés. Et Benji n'a pas ri une seule fois pour ne pas me gêner. Quand elle a fini, elle m'a demandé si j'avais bien tout compris, je lui ai répondu : « Non, mais je préfère que tu ne répètes pas. »

En fait, j'ai l'impression d'être soit trop grande, soit trop petite. Je me sens comme une dame de 50 ans ou une gamine de 10 ans. Du pays d'où je viens, j'ai du mal à cerner cet état adolescent. Mais je sens que ça vient... Et puis j'ai tout le temps. Je suis jeune, maintenant !

15 janvier 2004

J'ai envie de faire les soldes. Qu'est-ce qui m'arrive ? Je me suis acheté un nouveau portable qui prend des photos. En me voyant immortaliser des copines de ma classe sur mon mobile, ma prof de français s'est écriée : « Eh bien, ça va vite la société de consommation ! » Et si elle avait raison ?

En même temps, on me demande sans cesse de m'adapter, mais dès que je le fais, on me le reproche. On veut que je fasse comme tout le monde, mais si je suis comme tout le monde, je déçois. Les gens ont une bien piètre image d'eux-mêmes ou une trop grande estime pour moi.

16 janvier 2004

Je ne sais pas si c'est l'école, le fait de voir tous les autres avec de beaux objets, ou l'instinct de possession qu'on développe ici, mais je suis pleine d'envies. J'ai envie de m'acheter des stylos, un cahier neuf, un joli sac. Ce week-end, je suis allée avec mes copines chez

H & M. On en a profité pour faire un tour chez Etam, acheter des strings (il n'y avait que ça !), et chez Go Sport, dénicher un sac de cours. Puis, nous avons déjeuné au McDo. C'est la deuxième fois de la semaine. Je suis devenue une vraie petite Parisienne.

17 janvier 2004

Il paraît que mon vocabulaire change. Je ne m'en rends pas compte. J'ai enregistré un nouveau message d'accueil sur mon portable, qui ressemble plus à ce que j'entends chez les autres, j'envoie des textos en abrégé, mais ça, tout le monde le fait, je dis « ciao, ciao », « gros baisers », ou encore « c'est juste pas possible ». Voilà.

18 janvier 2004

Ce matin, je me suis réveillée à 8 heures au lieu de 7. C'est la deuxième fois que je suis en retard en cours en quinze jours. Gabrielle m'a fait remarquer que mon rapport au temps s'était assoupli. Avant, j'avais toujours une heure d'avance à nos rendez-vous. Ce qui la faisait culpabiliser lorsqu'elle me trouvait assise dans son escalier à ne rien faire. Maintenant, à ce qu'il paraît, j'arrive toujours complètement essoufflée, avec vingt minutes de retard, après avoir déplacé le lieu et l'heure de nos rencontres. « T'es pire qu'une Parisienne ! », m'a-t-elle dit.

19 janvier 2004

J'ai compris ce qu'il m'arrive. Maintenant, je peux m'offrir quelque chose sans culpabiliser. Sans penser que c'est autant que les miens n'auront pas. J'ai un rapport plus enthousiaste, plus ouvert, plus généreux au quotidien, sans pour autant perdre de vue ce qui fait ma différence, mes objectifs, l'endroit d'où je viens. Je suis peut-être en train de faire la paix avec mon futur et mon passé, ce qui me permettrait de profiter un peu du présent. « Prendre du bon temps », comme vous le dites si justement.

20 janvier 2004

J'ai complètement oublié l'Aïd ! Et il est trop tard pour téléphoner à ma mère. Qu'est-ce que je vais faire ? D'habitude, je l'appelle tous les mois, autour du 15, à 18 heures, ce qui fait 22 heures là-bas. Non seulement nous sommes le 20, mais, en plus, l'Aïd est une fête religieuse extrêmement importante pour nous. L'équivalent de Noël. Les gens s'offrent de nouveaux vêtements, font plaisir aux enfants. C'est la fête ! Il y a deux Aïd chez les musulmans. Le petit Aïd, ou *Eid-ul-Saghir*, qui fête la fin du Ramadan. Et le grand, *Eid-ul-Kebir*, qui célèbre le sacrifice d'Abraham. Je préfère le premier, moins religieux, plus amusant. La veille du petit Aïd, nous vérifions l'inclinaison de la Lune pour être sûr de ne pas se tromper de nuit. Ensuite, nous filons au bazar, acheter des bracelets et du henné. De retour à la maison, chacune s'enduit les mains de henné. On dort avec et, au réveil, on se savonne : celle qui a le henné le plus rouge vivra le plus longtemps. Plus tard dans la matinée, tandis que les hommes vont à la mosquée, les femmes préparent le repas. Quand ils rentrent, tout le monde se souhaite le bon Aïd, et l'on dévore des gâteaux (mes préférés sont les *gosh-e-fil*, littéralement les oreilles d'éléphant) et des fruits secs qui figuraient autrefois au rang des produits exportés par l'Afghanistan. Le grand Aïd est plus important, c'est le moment de l'Hadj, quand les riches vont à la Kaba, à La Mecque, visiter la maison d'Allah. Le premier jour, la tradition veut que l'on sacrifie un mouton, une vache ou un chameau – selon ce que l'on possède – en hommage au sacrifice d'Abraham qui était prêt à tuer son fils pour l'offrir à Dieu. Les dépouilles sont réparties en trois paquets : deux vont aux pauvres, et le troisième est pour soi. On le partage avec ses proches, ses voisins, etc. Généralement, il pleut ce jour-là, l'eau est censée laver le sang. Mais ça pue quand même à tous les coins de rue, devant les maisons, et je n'aime pas ça.

21 janvier 2004

Khala Jon m'a offert un petit anorak rouge pour l'Aïd. Elle a lu dans un guide que c'était l'occasion pour les Afghans de se confectionner de beaux vêtements. J'étais si heureuse que je l'ai mis pour aller gare du Nord. C'est là, dans une épicerie indienne, que j'achète ma carte téléphonique pour appeler chez moi. On en trouve partout, je crois. Mais eux ont un plus grand choix. À mon arrivée à Paris, je me suis fait arnaquer : je prenais des cartes de 20 minutes à 7,5 euros. Puis, j'en ai trouvé de 30 minutes pour le même prix. Et maintenant, j'ai des cartes de 50 minutes à 6,5 euros ! Le problème, c'est que souvent, les cartes mentent : elles affichent 50 minutes, alors qu'il n'y a que 40 minutes de crédit. Je suis au beau milieu d'une phrase, et, tout d'un coup : tut-tut-tut... Plus de communication. Le vide. Rien d'autre que la perspective de devoir attendre encore un mois avant de réentendre leur voix et pouvoir leur expliquer que nous avons été coupés. Du coup, maintenant, je leur dis au revoir avant même de dire bonjour. Dès qu'elle décroche, je préviens ma mère : ça va raccrocher, donc je t'embrasse, je t'aime et je te rappelle dans un mois. Après, seulement, la conversation peut commencer. Mais malgré ça, je me fais quand même avoir. Ça coupe ! Pourquoi ne nous préviennent-ils pas ? Sur les cartes destinées aux États-Unis, que j'utilise pour joindre ma sœur aînée, ou à la Belgique, où vit ma tante, il y a toujours une voix qui dit : « Attention, dans 5 minutes, la communication va couper. » Il y a même un décompte : « Il ne reste plus que 30 secondes, 20 secondes, 10 secondes.... » Mais pas pour les Paki, ni pour les Afghans. Les gens qui fabriquent ces cartes doivent estimer que nous ne sommes pas suffisamment importants pour ça. Que nous sommes dénués de sentiments. Des chiens. Je ne sais pas.

22 janvier 2004

J'ai appelé ma mère. Elle m'a reconnue à la première intonation. Ça m'a fait pleurer. Comme jc le pensais, elle s'inquiétait. Cinquante minutes, ça peut paraître long. Mais ça file à toute allure. Alors, pour gagner du temps, je parle très vite. Ma mère me bouscule de questions : « Tu as bien dormi, bien mangé, bien travaillé ? Tu n'as pas froid, tu n'es pas malade, et Juliette, Benjamin, ça va ? » Je n'ai pas le temps de répondre. C'est comme un flot d'amour qui passe par les fils et me submerge. J'oublie tout, même que je suis assise dans la salle de bains de Khala Jon ! En fait, au début, j'appelais depuis son téléphone fixe, mais il y avait toujours des doubles appels qui m'obligeaient à raccrocher. Maintenant je téléphone du fax. Je fais mon numéro de carte, je tire le combiné jusque dans la salle de bains, je ferme la porte à double tour et je m'assois. C'est mon moment, rien qu'à moi. Ma mère me raconte tous les ragots de la famille : naissances, mariages, enterrements. Mon père, lui, n'est jamais là. Je ne sais pas pourquoi. Il rentre tard. Vers 23 h 30. Je prends de ses nouvelles. J'ai l'impression d'être au Pakistan. Je les vois, tous, figures imaginaires, s'animer sur le carrelage de la baignoire... Je ris, je m'attriste, je pousse des « oh », des « ah ! ». Je reprends goût à ma vie. Le combiné passe de main en main. Ma petite sœur me décrit l'école, ses progrès, c'est la seule avec qui je communique par mail aussi. Elle me dit « gros bisous » en français. Mon petit frère grogne deux ou trois mots, du genre « ça va bien ». Ma sœur aînée, Mariam, me donne des nouvelles de sa fille, ma nièce. Elle marche à présent. Je l'imagine déambuler avec sa petite couette plantée comme un palmier sur sa tête, ses yeux joliment cernés, et ses jambes encore maladroites. Tout ce que je rate ! Est-ce normal, maman ? Pourquoi suis-je ici et vous là-bas ? Ma mère s'étrangle, je n'insiste pas.

Parfois, lorsque je lui manque trop, je sais qu'elle

essaie de m'appeler chez Khala Jon, même si les communications depuis le Pakistan coûtent les yeux de la tête. Mais je ne suis jamais là. J'entends sa voix fluette sur le répondeur : « Allô, Yalda Jon ? Allô, Yalda, es-tu là ? Yalda, Yalda, Yalda... » Et puis ça coupe. Je note qu'elle s'exprime en français, cette langue morte apprise il y a si longtemps, exhumée avec tant de fierté. Parfois, c'est moi qui l'appelle au milieu du mois. Quand, vraiment, je me sens trop seule. Ou quand j'ai vu Khala Jon discuter avec sa fille jusque tard dans la nuit. Ou quand j'ai croisé une famille, heureuse, dans le métro. Je craque. La dernière fois, c'était pendant les vacances de Noël.

Après avoir raccroché, je reste enfermée quelques minutes pour profiter de tout ce que la pièce a emmagasiné, toutes ces paroles qui flottent encore dans l'air. Puis, je me lève, j'enlève le crochet et je sors aussi discrètement que possible pour ne pas dissiper ce sentiment. Cela m'accompagne encore deux ou trois jours : l'impression d'être au Pakistan, d'avoir les miens près de moi, une ombre qui s'attache à mes pas. Puis, petit à petit, elle me quitte, elle s'éloigne, les pas ne sont plus qu'un lointain écho dans mon dos. Et la solitude reprend ses droits.

Mais pas cette fois ! En me voyant triste, Benjamin m'a demandé de lui apprendre à dire : « Yalda n'est pas là, rappelez plus tard » en dari. Il le prononce parfaitement. Je suis fière de lui.

1er février 2004

Benjamin et moi avons décidé d'aller visiter les musées. L'Institut du monde arabe, d'abord. C'est un bel endroit. Il y a des fenêtres qui s'ouvrent et se ferment sur le modèle des moucharabiehs. De la terrasse, on peut admirer tout Paris. C'est bien sûr par là qu'on a commencé. Quelqu'un m'a pointé du doigt l'arrondissement du Marais. Il paraît que c'est le quartier des juifs et des gays. Du coup, j'ai trouvé beaucoup plus intéressant et amusant d'aller là-bas que d'arpenter le musée... Puis, nous sommes allés au musée Picasso. Il paraît que c'est le plus grand peintre d'Occident. C'est marrant parce qu'il peint comme un enfant, mais uniquement des femmes nues ! Enfin, nous avons terminé au musée Guimet dont on m'a tant parlé. En sortant du métro, nous avons mis dix minutes à dénicher l'entrée qui se trouvait pourtant juste en face de nous. On n'a plus les yeux en face des trous, l'influence de Picasso... Nous avons fait la queue, pour des questions de sécurité, jusqu'à ce qu'une dame nous prévienne que les enfants pouvaient entrer directement. Enfants ? J'ai 17 ans ! Une fois à l'intérieur, il a encore fallu trouver l'entrée du parcours. Une grosse dame, qui avait pourtant l'air endormie sur son siège, m'a engueulée parce que je touchais une statue, tandis que Benjamin essayait de décrypter une affiche où il était question de « Confucius ». Rien compris. Finalement, quelqu'un nous a indiqué le bon chemin. À mon grand étonnement, le musée possède tout un tas de choses provenant d'Afghanistan : des statues, des sculptures, des objets amusants. Ça m'a fait très plaisir, parce que cela vient de chez moi. Mais en même temps, je n'ai jamais vu l'équivalent chez moi, justement. Ce qui m'a un peu troublée.

Le musée de Kaboul, tout comme le zoo, n'a pas résisté aux guerres. Lorsque je suis retournée en Afghanistan, en 2002, le dernier lion du zoo, Marjan, venait juste de s'éteindre. Quant au musée, une grosse bâtisse ancienne, nous n'avons pas eu le droit d'y entrer. Il était déjà fermé depuis longtemps[1], pillé aux trois quarts par les moudjahidin, puis par les taliban qui parachevèrent leur œuvre d'obscurantisme en détruisant les monumentales statues de Bamiyan, à l'ouest de Kaboul. Les taliban, éduqués dans des madrasa (écoles coraniques) au Pakistan, n'avaient aucune idée de la culture afghane. Leurs troupes se composaient de réfugiés, élevés dans la misère des camps, incultes, et infiltrés d'« Arabes-Afghans », militants islamiques venus du monde entier pour combattre les Soviétiques. Comme dans toute dictature, ils s'employèrent à effacer les traces du passé pour mieux dessiner leur avenir. Pour être honnête, je m'aperçois que je ne m'y connais guère plus en ce qui concerne l'histoire de mon pays.

---

1. Il a été rouvert en mai 2004.

J'ai moi aussi été élevée au Pakistan, et aucun des objets présents au musée Guimet ne m'est familier. Il paraît que la destruction des Bouddhas de Bamiyan a beaucoup affecté l'Occident – pourtant resté zen face aux exactions des taliban. Ça ne m'étonne pas. Il n'y a que des choses anciennes et étranges dans ce musée. D'ailleurs, je n'ai toujours pas compris comment on les faisait entrer : par la porte ? Elle est bien petite ! Ni pourquoi : qu'est-ce qui pousse les visiteurs à venir si nombreux voir ces vieilleries d'autres pays ? Comme s'il fallait offrir un avenir au passé. Je l'avais déjà remarqué sur Chicken Street. Les antiquaires vendaient essentiellement leur marchandise aux étrangers. Nous, c'est différent. Seuls importent le présent, la survie. L'immédiat. Mais il fut un temps où nous aimions aussi les antiquités, les beaux objets, les délicats reliquats du passé... Lorsque je dis que notre maison est décorée très sommairement au Pakistan, avec des choses utiles, c'est parce que nous sommes des réfugiés, des exilés. Mais en Afghanistan, notre maison regorgeait de vaisselle ancienne, de tableaux et d'épées. Tout cela avait une signification, un sens, une histoire qui nous inscrivait dans une lignée. Hélas, la guerre coupe de tout. Et il me semble que j'ai semé en route quelques pièces essentielles de ma mémoire. Il va me falloir les ramasser une à une si je veux rentrer chez moi. En moi.

12 février 2004

J'ai emmené Benjamin chez son psy. Je l'attends au café. Une heure et demie. C'est long. Je me suis assise près de la vitre, loin du bruit. Dedans, la lumière est jaune. Dehors, il fait déjà nuit. Je commande un café. Je lis. Je n'ai jamais vu de psy pour de vrai. Je n'ai jamais consulté, mais je sais comment ça se passe, grâce à la télé. Aux films américains, plus qu'aux films indiens. On s'allonge sur un canapé et l'on ferme les yeux. J'aimerais bien aller chez le psy, moi aussi. J'ai demandé à Noémie, qui est psychiatre à l'hôpital, si je pouvais passer la voir. Elle m'a regardée d'un air sévère : son service est réservé aux gens malades. Je ne suis pas malade. J'aimerais juste fermer les yeux ! Pas longtemps, un peu. Fermer les yeux parce que je suis fatiguée. Fermer les yeux sur ce qui se passe. Me poser, me reposer. Je comprends que les gens aient besoin de psy, dans ce pays, il fait nuit toute la journée ! Il n'y a pas de lumière. On sort, on rentre : c'est pareil. On est crevé. On est « mort ». Pour ne pas dormir, on boit du café. Pour ne pas être seul, on allume la télé. Pour parler, on paie. Chez nous, c'est gratuit. Tout le monde parle à tout le monde. Mais le contrecoup de cette promiscuité, c'est que l'on n'a pas de vie privée. À Paris, on est tout le temps seul. En Afghanistan, jamais. Le linge sale se lave en famille. Et les voisins sont invités à participer. Pour les drames intérieurs, il faut voir ailleurs. Les Afghans préfèrent la poésie à l'analyse. Pour moi, aller voir un psy, ce serait comme d'avoir ma propre chambre qui ferme à clé. Une forme d'intimité. Mais l'intimité n'a pas cours chez nous. Elle reste à découvrir.

Je ne savais pas qu'il existait des psy pour adolescents. Je trouve ça complètement dingue et en même temps normal. Encore un signe de la folle importance qu'on accorde à l'enfance. À l'enfant. Benjamin a tout pour lui : il est beau, il est intelligent, il est drôle, il est mature, il est gentil. Mais, comme tous les jeunes d'ici, c'est un perpétuel insatisfait. Plutôt que de profiter du présent, de penser à l'avenir, il se pose des questions sur ses origines. Ses parents biologiques. Sa terre natale, le Vietnam. Il se demande s'il a un père qui l'attend là-bas. Aujourd'hui, je lui ai dit de prendre le mien ! Je le lui donne volontiers. Qu'il passe quelque temps avec lui. On en reparlera. Il m'a répondu : « Tu es sûre ? », avec un air grave.

Benjamin a le même âge que mon frère Matin, 12 ans, et pourtant il est bien plus mûr. Il a déjà des théories sur les filles et la vie. L'autre jour, il a pris ma défense devant Khala Jon, qui n'aimait pas beaucoup mes remarques sur le film *La Passion du Christ* de Mel Gibson – je lui ai demandé si les juifs étaient responsables des souffrances de Jésus. Elle s'étonnait que je ne sache rien des atrocités perpétrées sur le peuple juif au fil des siècles et pendant la Seconde Guerre mondiale en particulier. C'est vrai, je ne sais rien des juifs, à part qu'il en reste deux à Kaboul, qui se disputent la vieille synagogue de Flower Street ! Mais je ne demande qu'à apprendre. Benjamin a pris ma défense. Il a rétorqué qu'il était normal que je ne connaisse pas cette partie de l'histoire, si éloignée, si différente de la mienne. Cette guerre a fait de lui mon frère d'armes. Alors, quand hier il a été renvoyé de l'école une journée pour indiscipline, j'ai supplié Khala Jon de ne pas le punir, qu'on avait, lui et moi, déjà discuté, et que tout cela allait s'arranger. Khala Jon n'a pas cédé, mais elle a souri. Je crois que c'est la meilleure des psy. En plus, on n'a pas besoin de la payer.

21 février 2004

Vendredi, je suis rentrée de l'Alliance Française, la maison était vide, mais le chat était de nouveau là. Oh non ! Dès qu'il m'a vue, il s'est approché de moi. Je me suis précipitée dans la cuisine. Il m'a suivie. Lorsqu'il est arrivé à hauteur de mes pieds, j'ai pris la première chose que j'ai pu, un plateau du petit déjeuner, je crois, pour me protéger. À ce moment-là, je ne sais pas pourquoi, le chat est ressorti. J'en ai profité pour m'enfuir à mon tour, à toute vitesse et sans boire, alors que je crevais de soif. Je suis entrée dans ma chambre en courant, j'ai fermé la porte à double tour, j'ai calfeutré l'espace entre la porte et le sol avec mon pantalon, et j'ai attendu. C'est Adèle, la femme de ménage, qui m'a libérée. Elle riait. Pour me consoler, elle m'a promis qu'une de ses filles me ferait des tresses comme les siennes. Elle sait que j'aimerais tant avoir les mêmes. Je n'arrête pas de le lui demander ! Adèle a cinq enfants. Trois filles qui vivent en France et deux garçons en Côte-d'Ivoire. Leur père ne s'occupe pas d'eux. Et elle travaille dur pour tenter de les faire venir à Paris. Je l'aime beaucoup parce que je connais cette vie.

Lorsque Khala Jon et Benjamin sont rentrés à leur tour, je leur ai tout raconté, et nous avons décidé de dîner en regardant un film à la télé. Le problème avec Khala Jon, c'est qu'elle n'aime que les salades vertes, les brocolis, et les potages aux courgettes. À chaque fois que je lui demande ce qu'elle veut pour dîner, elle me répond : « Une salade verte ! » On consomme beaucoup d'huile d'olive, aussi. Au supermarché, je confonds presque les bouteilles d'huile avec celles de vin, tant elles sont belles. Donc, nous avons dîné tous les trois devant la télé et là, qui est arrivé ? Le chat. Il est passé entre nos jambes, monté derrière nos têtes sur le canapé, puis nous a mis sa grosse queue poilue sous le nez. Oh là là, c'était horrible. Un chat dans la maison, c'est contre la religion, non ? Contre la morale, en tout cas. Et pourtant, tout le monde le cajole comme si c'était un bébé.

Ici, les gens mangent dans la rue. À Kaboul, on ne pourrait pas manger dans la rue, parce qu'il faudrait partager avec tout le monde ! L'autre jour, avec Benjamin, on s'est acheté une « barbapapa ». Une petite fille pleurait en nous montrant du doigt et disait à sa mère qu'elle en voulait une. Comme on en avait grignoté la moitié, je suis allée lui offrir la nôtre. Sa mère m'a regardée avec des yeux affolés. Elle a pris la petite par la main et a filé comme si je lui avais tendu une bombe. Pourtant, j'avais bien fait attention à ne pas la salir et à ne pas entamer la partie que je leur donnais. Benjamin avait honte. Il m'a dit : « Ça va pas, non ? On n'est pas en Afghanistan ici ! On donne pas ses restes aux gens ! » Je ne vois pas le rapport. À la maison, on partage tout ce que l'on a et ce serait une honte de déguster un mets sans en proposer aux autres.

Sinon, Patapouf n'a pas vraiment maigri. En dépit de ses croquettes régime. Et moi non plus, d'ailleurs. Il faut dire que Noël est passé par là : foie gras, confit, dinde, saumon, chocolat... Même les noms pèsent lourd : vous reprendrez bien un petit peu de bûche ? Deux kilos ! J'ai découvert, miracle, que je raffolais des huîtres. Et des frites. Qu'est-ce que j'aime les frites ! Celles des fast-foods, des petites « baraques », des grands restaurants, les surgelées, les faites maison : j'aime toutes les variétés de frites.

25 février 2004

Ce matin, c'est décidé, je commence le sport. J'ai voulu m'abonner à un club, mais les salles sont trop chères. Benjamin m'a proposé de m'emmener à la piscine, mais je ne sais pas nager. J'y suis quand même allée, mais les bassins mixtes m'ont terrorisée. La piscine, je veux bien. Le maillot, bon. Mais les hommes, ça, jamais. Quant aux exercices de gymnastique, je ne les connais pas. J'ai donc décidé de me mettre au jogging. Pour ma première sortie, j'ai choisi le jardin de la mairie du XVIIe arrondissement, tout près de chez Khala Jon. N'ayant pas de tenue spéciale, j'ai mis des affaires ordinaires : un pantalon afghan, des baskets et un gros pull. La dernière fois que j'ai couru, c'était pour jouer et j'avais 10 ans. Courir, en Afghanistan, est un hobby d'hommes. Les femmes, elles, ont pour hobbies de ranger la maison et de laver la vaisselle. C'est notre sport national ! J'ai commencé par une petite foulée pour rejoindre le parc. Sur la route, j'ai fait sursauter une dame, juste devant moi. Elle regardait ailleurs, et, en m'entendant souffler, elle a pris peur. Une fois arrivée au parc, je me suis demandé ce que je faisais là. J'étais crevée, j'avais mal à la poitrine et il faisait froid. Puis, j'ai repensé aux conseils de Noémie. J'ai le souffle anormalement court, je dois m'entraîner. J'ai couru une heure et demie. Première fois de ma vie. Mais je n'aime pas trop courir dans la rue et sans but. J'ai l'impression d'être une folle.

Après cela, je suis allée à l'Égide, remplir mes inscriptions pour l'université. L'Égide est l'organisme qui s'occupe d'accorder des bourses d'études aux étrangers. À la rentrée, je voudrais faire un IUT de commerce. Mon rêve, pour plus tard, serait de pouvoir garder un pied ici tout en travaillant en Afghanistan. J'aimerais bien servir de lien entre différents pays et le mien. Bouger. Mais encore faudrait-il que je sois admise à l'université. Les papiers à remplir sont nombreux, compliqués. Les démarches sont lourdes, surtout pour les étrangers. Et je ne sais pas si j'ai le niveau requis. Je me suis appliquée pour écrire ma lettre de candidature dans mon plus beau français et je l'ai envoyée à six facs différentes. J'espère tellement que ça va marcher. Sinon...

J'ai pris le métro jusqu'à Belleville, où se trouve le bureau d'Afghanistan Libre. La rue sent mauvais. J'ai l'impression qu'il y a des crottes de chiens, mais aussi des crottes de gens ! J'ai de la chance d'habiter chez Khala Jon, je me sens privilégiée. À Paris aussi, il y a des endroits pauvres, sales, surpeuplés comme chez moi. Le bureau me rappelle le Pakistan. L'endroit est sombre, sans chauffage, la salle de bains crasseuse. Christine, la responsable, va chercher de l'eau au fond de la cour. Elle m'a appris à passer un fax. Puis m'a conseillé d'envoyer les papiers d'admission par DHL. C'est cher, mais ça arrive en deux jours n'importe où sur terre. Incroyable ! Dire que la carte que j'ai envoyée il y a un mois à Kaboul n'est toujours pas arrivée...

En fin de journée, j'ai retrouvé Khala Jon pour voir *Osama*. Un film en dari sur l'Afghanistan. Cela faisait longtemps que je n'avais plus entendu parler ma langue natale. Cela m'a fait un drôle d'effet. Comme si quelqu'un venait frapper à la porte de ma mémoire alors que j'étais sur le point d'oublier. Quoi ? Je ne sais pas. On s'habitue si vite à tout ici. *Osama* raconte l'histoire d'une fillette âgée de 10 ans obligée de se déguiser en garçon pour pouvoir travailler et gagner un peu d'argent. Elle est faite prisonnière par les taliban, qui se rendent compte de la supercherie lorsqu'elle refuse de se laver... Je n'ai pas bien compris la fin du film, mais lorsque Khala Jon m'a expliqué que la petite fille finissait par épouser un inconnu de 60 ans, je n'ai pas pu m'empêcher de pleurer. Je ne pouvais plus m'arrêter. Chaque scène me rappelait un épisode de ma vie. Cette fille a connu le même destin que mes trois sœurs aînées et je remerciais Dieu d'y avoir échappé.

1er mars 2004

Je pars demain faire du ski chez le frère de Khala Jon, qui possède une boutique dans une petite station des Alpes. Je suis surexcitée ! Gabrielle m'a prêté une combinaison blanche. J'ai mis une demi-heure à l'enfiler parce qu'elle était trop serrée : la fermeture Éclair avait du mal à monter. Une fois saucissonnée dedans, je suis allée voir Khala Jon dans le salon, pour lui montrer ma belle tenue. Elle m'a demandé de me baisser. Pourquoi ? « Parce que pour skier, il faut plier les jambes. » Je me suis doucement accroupie de peur de faire craquer la combinaison. Puis, j'ai recommencé avec plus d'ardeur. Deux fois, trois fois. « Regarde, Khala Jon, je sais skier ! » Benjamin a dit que je n'avais pas intérêt à trop manger, autrement elle allait exploser.

3 mars 2004

À peine arrivés, nous sommes allés louer des skis et essayer nos chaussures : c'est lourd ! Aujourd'hui,

Benjamin m'a emmenée à l'ESF. L'École de ski français. Je ne voulais pas y aller. J'avais honte de me retrouver avec les enfants. Mais c'était un cours réservé aux « grands débutants ». Je l'ai entendu dire : « Elle est afghane et ne sait pas skier. » La prof m'a regardée d'un air intrigué et Benjamin m'a dit qu'il reviendrait à midi, mais que si j'avais besoin de quoi que ce soit, il avait son portable. Il s'est comporté comme un vrai papa avec moi. La prof nous a expliqué comment chausser nos skis, puis elle nous a demandé d'avancer. Le terrain était plat. Je ne comprends toujours pas pourquoi j'ai reculé. Tout le monde allait en avant, et moi, je partais en arrière ! J'ai fini affalée par terre, incapable de me relever. Je n'ai pas beaucoup d'équilibre, je crois.

4 mars 2004

Deuxième jour. Catastrophe. Benjamin m'a emmenée faire du ski cet après-midi. Nous avons pris les « œufs ». Dès le premier virage, je suis tombée. La prof nous a appris le chasse-neige, mais pas comment tourner ni comment nous relever. Benjamin avait l'air désespéré. Que je tombe, passe encore. Mais que je ne me relève pas, il ne comprend pas. J'ai beau mettre les skis perpendiculaires à la pente, c'est comme si je n'avais aucun muscle pour faire levier. Bref, à force, il était 16 h 30. Les pistes allaient bientôt fermer. La nuit commençait à tomber. Et nous étions encore loin de la station. Benjamin s'est mis à paniquer, à me hurler dessus. À le voir dans cet état, j'avais envie de pleurer, et pourtant, je rigolais. Comme toujours quand je suis gênée. Je ne sais pas montrer mes sentiments. Finalement, nous avons remonté la piste à pied et Benjamin a supplié le monsieur des œufs, qui allait partir, de les remettre en marche pour nous descendre jusqu'à la station. Je l'ai entendu dire : « Elle ne sait pas skier, elle est afghane, nous allons rester ici toute la nuit et mourir ! » Le monsieur a accepté. Et nous sommes redescendus en œuf.

5 mars 2004

J'ai décidé d'appeler Gérard, le frère de Khala Jon, Tonton Gérard. Il a dit : « Quand je pense que j'ai cinq neveux et nièces qui ne m'ont jamais appelé Tonton ! » Je ne sais pas si c'était bon signe.

La mère de Khala Jon et de Tonton Gérard m'a dit que j'allais me trouver un fiancé et finir mes jours ici. Selon elle, je ne pourrais plus retourner chez moi parce que je serais trop habituée à ma nouvelle vie.

À cause des courbatures, j'ai crié de douleur toute la nuit. Benjamin, n'en pouvant plus, a fini par appeler son oncle qui m'a donné de l'aspirine. J'ai mal partout.

6 mars 2004

J'ai fait un cauchemar.

Je conduisais une voiture pour la première fois de ma vie. Je n'avais pas de permis, mais j'étais heureuse. Je sentais le volant sous mes doigts et je conduisais parfaitement alors que personne ne m'avait jamais appris. C'est alors que les gendarmes m'arrêtent. Ils me demandent mes papiers. Je leur réponds que je ne les ai pas sur moi. Je sais que je mens. Je cours. Je m'enfuis. Ils me courent après. Je trouve refuge dans une maison abandonnée au milieu de nulle part. La police arrive. Ils sont tout près de moi. Je me cache juste le visage. Je ne sais pas comment, je n'ai pas de voile. Les policiers demandent à un monsieur qui jardine et que je ne connais pas s'il a vu passer une fille. Il répond : « non ».

7 mars 2004

Hier, j'ai fait six heures de ski. Je continue un peu à tomber, mais je descends comme tout le monde. Je maîtrise bien les virages. J'ai même pris une piste rouge avec Khala Jon ! Il ne me reste plus qu'à essayer la piste noire... Franchement, je suis fière de moi. J'ai commencé dernière du groupe, et maintenant je skie juste derrière la prof. Nous partons ce soir. Je quitte le chalet et Tonton Gérard à regret. J'adore le ski.

Dans le train, j'ai pensé à ma tante Chekeba. Elle n'a skié qu'une fois dans sa vie.

Il faut que je garde tous ces moments en mémoire. Un jour, ce sera fini.

J'ai dit à Khala Jon que les Alpes me faisaient penser au Panshir. Elle m'a répondu, dans un sourire, que tout me faisait penser au Panshir !

8 mars 2004

Aujourd'hui, je suis allée au « Salon du cheval et de la vache ». Un endroit immense, porte de Versailles, où sont réunis les plus grands animaux du monde. J'ai vu des cochons tout roses – je ne sais pas comment on peut manger ça –, des vaches énormes et des chèvres qui ne ressemblent vraiment pas aux nôtres. La terre et le ciel ! Khala Jon m'a montré la chèvre qui avait remporté le premier prix de beauté. Elle mâchait. J'ai repensé à celles, faméliques, du Panshir, leurs os qui saillent, leur gros ventre vide, et cet air de s'accrocher à la montagne comme à la vie. Et je me suis demandé si le premier prix de beauté ferait un bon « bozkachi ». Le bozkachi est notre jeu national. Cela veut dire : « attraper la chèvre morte ». On y joue à cheval, dans les plaines de Mazar-e-Sharif, particulièrement pour *Nowrouz*, notre nouvel an, qui tombe autour du 21 mars, jour du printemps. Je n'y ai jamais personnellement assisté, car c'est interdit aux femmes. Mais tout le monde en connaît les règles : il faut s'emparer de la chèvre pour la mettre dans le « but ». D'après la légende, le bozkachi remonterait au temps de Gengis Khan. On utilisait alors des cadavres humains. Aujourd'hui, une chèvre suffit.

Mais le jeu est toujours dangereux. Il arrive même qu'il y ait des morts, chez les cavaliers, ou dans le public...

J'ai beaucoup aimé l'ambiance du Salon de l'agriculture. L'idée qu'on puisse tous se retrouver, hommes, femmes, enfants, sans que cela dégénère. En Afghanistan, les grandes manifestations sont surtout réservées aux hommes. Quand une femme s'y aventure, il arrive qu'elle se prenne une main aux fesses. Même dans les jardins publics, on est toujours un peu embêtées par des jeunes ou des excités. Ici, c'est convivial, chaleureux, bon enfant. J'aimerais bien importer tout ça chez moi. Pas seulement les progrès techniques, mais aussi le fait de pouvoir vivre ensemble, naturellement, hommes et femmes.

16 mars 2004

Gabrielle m'a invitée au défilé Chanel. Je ne voyais pas bien l'intérêt de voir des femmes présenter des vêtements, mais Khala Jon m'a dit que Noémie serait prête à « tuer père et mère » pour y assister et qu'elle-même n'y était jamais allée. Il paraît que les gens viennent du monde entier voir ces défilés. Il s'agit d'un art typiquement français. Les robes valent très cher, parce qu'elles nécessitent beaucoup d'heures de travail. C'est de la haute couture, du sur-mesure. On dessine un modèle par continent, qui vaut parfois 10 000 euros, et si, par malheur, deux femmes se retrouvent avec la même tenue à la même soirée, c'est un drame. Oh là là ! Alors, j'y suis allée. Ça a duré dix minutes. Et à la fin du défilé, les invités sont tous partis très vite sans même remercier le couturier, « Carla », ou quelque chose comme ça. C'est tout ?

Je ne sais pas quoi dire à Gabrielle. J'ai trouvé les vêtements très jolis (en particulier la robe de mariée !), même si je n'arrivais pas bien à les différencier (tout comme les mannequins) et que je ne comprenais pas pourquoi les filles portaient des perruques blanches et des gros sourcils. Mais je ne vois toujours pas l'intérêt.

Photographier des femmes comme des objets pour vendre des robes hors de prix, les immortaliser comme on le ferait de jolis paysages pour promouvoir les mérites de ce pays : je pensais les Français plus évolués que ça. J'ai appelé Gabrielle pour la remercier, lui dire que j'avais bien aimé, et que les gens étaient partis tout de suite après. Elle m'a répondu : « C'est tout ? »

J'ai cherché une idée, j'ai bafouillé et j'ai raccroché. Je ne sais pas quoi dire. Je sais qu'elle a voulu me faire plaisir et j'en suis d'autant plus confuse. Je ne comprends rien à tout ça, ça me dépasse, ça n'a pas de sens, c'est un autre monde.

Je crois que je fais une overdose d'activités.

Un excès d'Occident.

1er avril 2004

C'est fou ce qu'une simple phrase peut déclencher chez les gens. Il suffit que je dise que je suis afghane pour que l'on me regarde différemment. Les Français sont gentils, bienveillants. Avant de venir ici, je pensais que j'allais traîner ma nationalité comme un boulet. Que l'on confondrait afghan et taliban. C'est tout le contraire. Dès qu'ils prennent connaissance de mes origines, mes interlocuteurs me sourient, me demandent comment ça va chez moi, si les femmes portent toujours le tchadri, si j'aime la nourriture d'ici... Tous me proposent leur aide. Une seule fois je suis tombée sur un monsieur qui m'a hurlé qu'au lieu de donner des bourses aux étrangers, on ferait mieux d'aider les Français qui n'ont pas les moyens d'étudier. Mais c'est l'exception qui confirme la règle.

Au Pakistan, je n'aurais jamais pensé qu'être afghan pourrait avoir des avantages (je me demande, d'ailleurs, si les Pakistanais sont aussi bien accueillis ici !). Je ne sais pas pourquoi, mais il y a toute une mythologie autour de mon pays qui fait rêver les Français. L'Afghanistan est à la mode. Et je dois avouer que je suis assez fière d'appartenir à ce fantasme, d'être l'ambassadrice d'un rêve certes cabossé, mais toujours aussi puissant. En plus, être afghane me permet de me retrancher derrière des traditions, à défaut de me cacher sous un voile, et d'échapper ainsi à bon nombre de conversations, de devoirs et d'usages, auxquels je ne comprends rien. Le contrecoup de tout cela – car il y a toujours un prix à payer –, c'est que trop de sympathie attire les ennuis. L'exemple qui me vient en premier à l'esprit est celui de l'école. Toutes mes copines pensent que j'ai des bonnes notes grâce à la bienveillance des profs. Ça fait même des jaloux ! Il est vrai que certains profs me parlent davantage de mon pays que de mes copies. Ils s'adressent à l'Afghane plus qu'à la personne. Mais si je ne travaillais pas, je ne progresserais pas.

L'autre effet pervers est plus profond. Parfois, à trop jouer de mes origines, je me fais l'impression d'être l'« Afghane de service », comme vous le dites ici. Une espèce de phénomène de foire. Le dernier tableau qu'on montre aux invités. Bien sûr, je ne pense pas à Khala Jon en disant cela, mais à d'autres personnes qui m'exhibent comme un petit animal en voie d'extinction. Elles sont à la fois flattées et savent la part d'exotisme, de fascination, et de mansuétude que cela entraîne. Aussi, quand je parle, j'ai l'impression d'être anormale : ou personne n'écoute, ou tout le monde s'émerveille. Je dis qu'il faut changer à telle station de métro, et l'on me regarde comme un génie (ce qui peut aussi signifier que l'on me prend pour une débile). Heureusement, l'image que je donne évolue au fil du temps. Je suis passée de « Yalda, elle est afghane et n'a jamais vu de femme sans voile » à « Yalda, elle est afghane et va entrer à l'université ». Enfin, rien n'est joué ! Pour moi, comme pour l'université.

13 avril 2004

États-Unis ou Pakistan ? Mon cœur balance. Car c'est la grande nouvelle de la semaine : grâce à l'Égide, je peux bénéficier d'un billet d'avion gratuit pour retourner dans mon pays. J'ai longuement réfléchi, Khala Jon et ma tante Chekeba aussi, et nous avons décidé que je pourrais partir un mois cet été. Mais... D'un côté, je crève d'envie de rentrer chez moi (et le billet d'avion n'est valable que dans ce cas). Retrouver ma maman, mon petit frère, mes sœurs, et ma nièce qui doit courir à présent ! De l'autre, je ne connais ni les États-Unis ni le Canada où vivent mes deux sœurs aînées et ce serait vraiment « cool » de se revoir là-bas ! En fait, la curiosité me porte vers les États-Unis, car c'est peut-être l'unique occasion d'y aller de ma vie. Mais l'envie de revoir maman me fait pencher pour le Pakistan, même si c'est la pire saison pour s'y rendre. En août, la température avoisine les 50 degrés. Je n'ai rien dit à ma famille pour ne pas leur faire de fausse joie. Et j'ai appelé l'ambassade des États-Unis pour prendre quelques renseignements. Je suis tombée sur un disque interminable auquel je n'ai rien compris. Au troisième appel, quand une opératrice m'a finalement prise en ligne, elle m'a demandé mon numéro de carte bleue et de l'argent pour poursuivre la conversation et répondre à mes questions. C'est la première fois que j'entends ça. À l'ambassade américaine, il faut payer pour qu'on vous parle ! Bon, je reconnais que ça m'a un peu calmée. Mais quand on vient d'où j'arrive, il en faut plus pour vous décourager. Ce matin, j'ai donc décidé de me rendre à l'ambassade des États-Unis. Et là, devinez quoi, le gardien ne m'a pas même laissée entrer. Je lui ai demandé pourquoi. Il m'a répondu que j'étais afghane et que je n'avais pas le droit de pénétrer sans un passeport français ou américain dans l'ambassade. « Vous avez peur que j'aie une bombe sur moi ou quoi ? » Je l'ai pensé très fort, mais je n'ai rien dit. Au lieu de ça, j'ai fait demi-tour et je suis repartie. Ça commençait bien, mon voyage aux États-Unis : si je ne pouvais même pas entrer chez eux à Paris... C'est ce qui s'appelle se faire remettre à sa place. Et moi qui me la racontais avec mes histoires de nationalité afghane qui ouvre toutes les portes ! Je me suis sentie humiliée comme ça ne m'était pas arrivé depuis longtemps. Si c'est ça le rêve américain, je vais peut-être plutôt retourner au Pakistan.

D'un autre côté, il m'est aussi très compliqué de retourner chez moi, à Islamabad. Car je n'ai pas la nationalité pakistanaise mais afghane. Du coup, selon les critères de l'Égide, le Pakistan n'est pas mon pays et je ne peux pas bénéficier d'un billet gratuit. En plus, comme je l'ai déjà expliqué, les Paki ne portent pas les réfugiés afghans dans leur cœur. Ils seraient même plutôt du genre à vouloir les réexpédier chez eux à coups de pied dans les fesses. Pour rentrer à la maison, il va donc me falloir un visa pakistanais, la preuve que ma mère habite bien là-bas, celle que j'habite bien ici et tout un tas de paperasses et d'ennuis que j'ose à peine imaginer. C'est comme ça, quand on est de nulle part. On pense que tout le monde va vous accueillir à bras ouverts. Et c'est précisément le contraire. À moins de passer par l'Afghanistan, pour ensuite rallier le Pakistan. Je crois qu'il y a des avions de ligne maintenant. Sinon, il reste la route des montagnes, la Khaiber Pass, mais, même aujourd'hui, cela prend du temps. Et puis reste à savoir avec qui et comment. Une jeune fille ne peut voyager seule dans ces régions. Oh là là. Rien que d'y penser, j'en ai mal à la tête. Sans oublier que je dois renouveler mes papiers. En effet, je suis arrivée en France avec un visa de trois mois sur lequel il ne me restait plus qu'un mois. Puis j'ai obtenu une carte de séjour valable six mois pour pouvoir continuer mes études. Celle-ci a pris fin le mois dernier. Et la nouvelle ne sera pas valide suffisamment longtemps après mon retour. Ce qui veut dire qu'il me faut, avant toute chose, renouveler ma carte de séjour pour obtenir le modèle valable un an. Si la préfecture de police ne me délivre pas ces papiers, j'arriverai peut-être à partir, mais sûrement pas à revenir. Et ce serait pire que tout.

1er juin 2004

Hier soir, la maman de Khala Jon a poussé la porte de ma chambre. Elle a la maladie d'Alzheimer. Elle se croyait à Marseille. Ce qui est un peu normal, comme elle vit là-bas. Je lui ai doucement expliqué que nous étions à Paris. Elle n'a pas compris pourquoi : que faisait-elle là ? J'aime bien parler avec la maman de Khala Jon. Elle me raconte sa vie, son mari, avec lequel elle a vécu une vraie histoire d'amour. Ils se sont rencontrés lorsqu'elle avait 16 ans, comme en Afghanistan. Je comprends mieux pourquoi la maman de Khala Jon ne peut pas vivre à Paris. Elle serait triste, loin de son soleil natal, de ses souvenirs radieux, et puis elle a besoin de quelqu'un à la maison pour s'occuper d'elle à plein temps.

Ce matin, nous l'avons emmenée chez la manucure pour qu'elle soit toute belle. J'étais touchée de constater que même les vieux sont coquets. Les Français vivent dans la séduction. Ils ont deux moyens pour ça : les traits d'un joli visage ou les traits d'esprit. Le mot ou le beau. Certains mêlent les deux, mais quand on perd la tête, en plus de la beauté, autant crever. Car pour plaire, il faut être toujours plus actif, brillant, vivant ! Et moi, je me sens terne et fatiguée. Aspirée plus qu'inspirée. Je n'ai plus rien à dire. C'est pour ça que je n'ai pas écrit. J'attends les réponses de mes inscriptions en fac et je travaille jour et nuit.

7 juin 2004

L'université de Saint-Denis m'a refusée au motif que je ne parlais pas l'espagnol ou l'allemand. Il faut être trilingue. Je leur ai dit que je parlais français, perse et anglais. Ça ne leur a pas suffi. Espagnol ou allemand. Je me suis engagée à prendre des cours d'espagnol pendant l'été, ils ont refusé. Je suis désespérée.

10 juin 2004

Deuxième refus.

11 juin 2004

Troisième refus. L'université m'avait acceptée. Puis elle s'est désistée. Je n'ai pas compris pourquoi. Khala Jon a appelé le directeur pour l'engueuler. Elle lui a dit : « Vous vous rendez compte de ce que vous faites ? » Si je ne trouve pas de place en fac, je n'ai plus qu'à rentrer chez moi. Je n'aurai pas les moyens de me payer une école privée. Du coup, je me suis inscrite à tous les examens de la terre. Khala Jon me dit que ça ne sert à rien mais je le fais quand même.

19 juin 2004

Quatrième refus. Plus que deux chances.

20 juin 2004

Après les cours, je suis allée chercher mes lunettes chez l'opticien. Il y a un mois, Khala Jon s'est aperçue que je fronçais les yeux de plus en plus. Nous sommes allées voir un ophtalmologiste. Verdict : je suis myope. Est-ce que je vais devenir aveugle ? J'ai enlevé les lunettes en arrivant à la maison, pour qu'on ne me voie pas. Khala Jon m'a demandé pourquoi je ne les mettais pas. J'ai honte. Chez nous, il n'y a que les vieux qui en portent.

22 juin 2004

Cinquième refus. J'ai pleuré.

26 juin 2004

Noémie a fait une fête pour l'anniversaire de son fiancé. Il a 24 ans, et je ne comprends pas qu'on fête encore sa naissance à cet âge-là ! Il y avait beaucoup de bruit. Des gens qui dansaient, d'autres qui buvaient, s'embrassaient. Je me suis retirée dans ma chambre et je n'ai pas dormi.

27 juin 2004

J'ai reçu le premier bouquet de fleurs de ma vie, signé Noémie. Elle me l'avait posé devant ma porte avec ce petit mot : « Bonne chance pour ton examen et pardon pour le bruit. »

J'ai trouvé une autre lettre à mon nom dans l'entrée. C'est l'université de Sceaux. Je n'ai pas envie de l'ouvrir, mais je le fais quand même. Je lis les premières lignes. Je n'y comprends rien, mais il me semble que je suis acceptée. Je n'arrive pas à y croire, ça n'est pas vrai. Je relis. Mais si : l'année prochaine, j'irai en fac. En France ! Dieu merci ! Il faut que j'appelle ma mère.

C'est le plus beau jour de ma vie.

30 juin 2004

À cause du stress, j'ai le visage plein de petits boutons. Khala Jon m'a emmenée voir un « dermatologue » pour soigner ça. Toujours son obsession des médecins... Qu'est-ce qu'il y a comme sortes de docteurs ! Un pour chaque partie du corps, comme si le corps ne faisait pas qu'un. Chaque mal, même le plus futile, a son spécialiste. Chez nous, on va voir un médecin généraliste dans les cas d'extrême urgence. Après, c'est l'hôpital.

1er juillet 2004

Ce matin, pour la énième fois je suis allée à l'Égide organiser mon voyage au Pakistan.

3 juillet 2004

Khala Jon nous a envoyés à « Euro Disney », Benjamin et moi, pour mon anniversaire. On a préparé des sandwichs, des boissons, un sac à dos. Une vraie expédition. Puis on a couru prendre le métro. Je croyais que Benjamin me précédait, comme toujours, or il était derrière moi et les portes se sont refermées sous son nez. Heureusement, on a fini par se retrouver. Euro Disney est un monde uniquement consacré au jeu. Un rêve d'enfant. À prix d'adulte. Au début j'ai eu peur de vomir, surtout dans « Space Mountain » et « Institute of Imagination », mais non.

4 juillet 2004

Ce soir, je devais dîner chez Aurore, qui, pour je ne sais quelle raison, m'a raccompagnée illico chez Khala Jon, sans dîner. Une fois devant l'immeuble, elle m'a demandé si elle pouvait entrer pour aller aux wc. Pas de problème, j'ai ouvert la porte et j'ai vu... ma prof de français. Que faisait-elle là ? Puis, derrière elle, ma tante Chekeba. Que faisait-elle là aussi ? Puis, dix personnes dans le salon qui semblaient n'attendre que moi : « Joyeux anniversaire ! » ont-ils crié. Je suis restée plantée, les bras ballants. On ne m'a jamais fait une surprise de ma vie. Je crois même que cela n'existe pas dans mon pays. D'autant que mon anniversaire est dans quatre jours. Une voix, comme sortie d'un brouillard, m'a rattrapée et priée de m'asseoir sur le canapé. Je n'ai pas dit un mot. Mais mes oreilles sifflaient. Je me sentais bouillir comme l'eau du thé. Tout le monde m'a tendu son cadeau. Khala Jon m'a conseillé de les ouvrir tout de suite, parce que ici, ça marche comme ça. J'ai ouvert les paquets un par un comme un robot, totalement anesthésiée par l'émotion. J'ai reçu une bicyclette de ma tante, un bracelet de mon oncle, un sac à main de ma prof, un livre de Gabrielle (*Les Lettres persanes*, de Montesquieu), des fards à paupières de Noémie, une carte avec un mot trop gentil de Benjamin, des fleurs et des tonnes d'autres choses. Je ne savais pas quoi dire. J'ai passé toute la soirée, rouge comme une tomate, muette, les genoux bien serrés pour ne pas laisser tomber tous les paquets éventrés qui s'y trouvaient. Chez moi, 18 ans, ça ne compte pas plus que 17, 46 ou 83 ans, mais 18 ans pas mariée, là, c'est embêtant.

Toute la nuit, je me suis demandé si j'étais dans un rêve ou dans un film. Khala Jon m'a proposé de continuer à habiter chez elle l'année prochaine, pour poursuivre mes études tranquillement. Khala Jon est comme ma maman.

5 juillet 2004

Je suis allée à Roissy, chercher mon amie Julie qui revenait d'Afghanistan. C'est la première fois que je retourne là-bas depuis mon arrivée. Bientôt un an. Si vite passé. Plus rien dans l'aéroport ne me fait le même effet. Je repense à ma tête quand j'ai découvert l'escalator, l'ascenseur, le parking en sous-sol, les gens qui couraient, les femmes en jupe, le thé avec Khala Jon. À l'impression de profusion – les affiches publicitaires géantes –, celle d'être dans un immense supermarché, qui n'allait plus me quitter. Je devais vraiment avoir l'air d'une folle. Tout d'un coup j'aperçois Julie sortir de la salle des bagages. Elle porte une tenue afghane traditionnelle et zéro maquillage. Je regarde la simplicité de ses vêtements, son sourire affable, ses manières lentes et j'ai l'impression que la Française... c'est moi.

7 juillet 2004

Nous sommes tous partis chez le fiancé de Khala Jon, Bruno, qui habite en Camargue et qui a des chevaux. Je n'avais pas vu la campagne depuis mon départ d'Afghanistan. Il faisait beau, il y avait de la verdure et des fleurs partout. On aurait dit le Panshir. C'était magnifique. Je suis montée à cheval pour la première fois de ma vie. Avant ça, je n'avais jamais conduit de voiture ni de vélo et je n'avais jamais vu de chevaux. Au début, j'ai eu peur d'attraper les cheveux de mon poney, pour monter. Alors Bruno m'a aidée. Une fois assise, j'ai eu un drôle de sentiment, comme si tout cela était naturel, évident. Bruno tenait le cheval en laisse. Benjamin galopait. Au bout d'un moment, j'ai voulu faire pareil. J'ai juste eu le temps d'entendre Khala Jon crier : « Non ! » Je suis partie en quatrième vitesse et je suis tombée. Khala Jon se cachait les yeux, de peur que je ne me sois fait mal. Mais je suis tout de suite remontée. C'était super. Je tirais les rênes à gauche et le cheval tournait. À droite, il allait dans l'autre sens. Je suis repartie au galop en hurlant de joie ! Pour la première fois, je dirigeais quelque chose. Je crois que j'ai compris ce que je suis venue chercher ici : je veux apprendre à diriger ma vie.

7 juillet 2004

Khala Jon m'a demandé s'il m'arrivait de me faire draguer. Je ne sais pas. À quoi reconnaît-on qu'on se fait draguer ? En Afghanistan, le regard est différent. Le garçon se met à vous tutoyer alors que le vouvoiement est obligatoire entre sexes opposés. Mais ici ? Est-ce que draguer, c'est regarder ? Tout le monde se regarde ! Se tutoyer ? Tous les jeunes se tutoient ! S'effleurer ? À chaque fois qu'un garçon me parle, il me touche la main, le dos, le bras... Est-ce qu'il me drague pour autant ? Je ne crois pas. Par exemple, l'autre jour, après les cours, Grégory, un ami de l'Alliance, m'a invitée à un concert donné dans l'église Saint-Sulpice. En partant, quelqu'un de l'école nous a demandé pourquoi on y allait. Greg a répondu : « Pour se marier ! » Cela m'a choquée, j'ai eu le souffle coupé comme si l'on m'avait envoyé une pierre dans l'estomac, je ne savais pas quoi dire. Si c'était une blague, ça ne me faisait pas rire. Je lui ai dit d'arrêter ses plaisanteries. Greg m'a demandé : « Pourquoi ? Tu ne veux pas m'épouser ? » J'ai répondu NON. Il a ajouté que notre prof de français pensait que j'étais amoureuse de lui, parce que je le regardais tout le temps en cours. Pff ! Ce genre de choses m'est complètement égal. Car mon but n'est pas d'avoir un petit ami, mais des amis tout court. Finalement, nous sommes arrivés en courant devant l'église.

Et il n'y avait personne. Greg s'est excusé : il s'était trompé de jour. Je n'ai rien dit. J'ai visité l'église.

Est-ce que Grégory me draguait ?

Mais les filles draguent beaucoup, aussi. L'autre jour, je suis allée avec Paul, qui est américain, et Nasreen, qui est une musulmane de Bahreïn, dans un grand magasin. Nous sommes tombés sur le rayon « lingerie » : des culottes à perte de vue et à en perdre la face. Au lieu de faire demi-tour, Nasreen s'est arrêtée sur tous les modèles pour demander à Paul ce qu'il en pensait. Elle a finalement acheté un ensemble complètement transparent. Je n'aurais jamais osé faire ça ! De toute façon, je n'ai jamais pensé aux garçons. Et il a fallu que j'attende d'être en France pour me poser ces questions. Enfin, pour qu'on me pose ces questions. D'aussi loin que je me souvienne, ça ne m'a jamais intéressée. Au Pakistan, j'étais trop petite. En Afghanistan, j'étais trop occupée. Ici, je trouve les garçons gentils, honnêtes, mais, une fois de plus, je ne suis pas là pour ça. Toutes les Afghanes ne sont pas comme moi. Bien au contraire. Elles rêvent du grand amour et d'un beau mariage. Pour ma part, l'expérience de mes parents et de mes sœurs m'a suffi. Je préfère aller voir des histoires d'amour au cinéma.

C'est marrant, parce que je ne pensais vraiment pas, en venant ici, que la seule chose qui choquerait en moi serait le fait que je n'ai pas de petit ami. En Afghanistan, le contraire scandaliserait ! Je me demande si ces deux mondes sont vraiment faits pour se rencontrer.

10 juillet 2004

Aujourd'hui, la sœur de Seb se marie. C'est mon premier mariage occidental. Pour la cérémonie, j'ai mis une robe noire que m'a envoyée ma sœur tout spécialement du Canada. Comme elle est un rien « sexy », j'ai déposé un châle, prêté par Khala Jon, sur mes épaules. Je me suis maquillée, aussi. Cela faisait longtemps. J'ai l'impression que toutes les filles sont belles, surtout les demoiselles d'honneur qui ressemblent à des fleurs tirées d'un même bouquet dans leurs jupes roses identiques. Les garçons, eux, sont habillés à l'ancienne. Tout le monde s'est retrouvé dans l'enceinte de l'église et je n'ai pas pu m'empêcher de tressaillir en découvrant qu'hommes et femmes se mélangeaient indifféremment sur les bancs. En Afghanistan, seuls les hommes entourent l'imam. Les femmes n'ont pas le droit de participer à la cérémonie. Pas même « la » femme. La malheureuse élue... Parfois, l'imam se rend dans une autre pièce où elle attend patiemment en compagnie d'autres dames, pour obtenir son aval. Pure formalité. Sur le fond, personne ne lui a jamais demandé son avis et ça ne va pas commencer aujourd'hui. Nous vivons dans la coutume, pas dans le droit.

Les mariés ne peuvent pas se voir. Encore moins s'embrasser devant toute la salle, comme cela se fait ici. Et quand la sœur de Seb a donné un baiser à son mari, j'en suis restée « bouche bée ». Le prêtre les a même incités à le faire. Car il ne se contente pas de lire la Bible, il donne son avis. Puis, c'est au tour de la famille de causer : un frère, une sœur, des proches. À la fin, on se croirait dans un débat télévisé ! Le prêtre jette un peu d'eau sur les jeunes mariés et sur les invités. Mais on m'a expliqué que seuls les catholiques baptisés pouvaient « communier ». J'aurais bien aimé, tant pis.

Après la cérémonie, nous sommes allés dans la maison des grands-parents de la mariée. L'endroit est surprenant de beauté. La vue sur la mer, en particulier. La lumière s'immisçait par les stores et dégoulinait en minces filets d'or, jusqu'à envahir toute la pièce. J'étais éblouie. Je n'ai jamais vu le soleil ainsi. Si je devais décrire le paradis, je dirais que c'est ici. À Fumichon, en Normandie. Les tables débordaient de mets délicieux et d'appareils photo jetables. Un cuisinier apparaissait à intervalles réguliers avec des plateaux chargés de « canapés ». J'ai tout de suite pensé qu'il s'agissait du dîner, mais Aurore m'a dit que le vrai repas de noce serait pour plus tard. Nous avons bruyamment rejoint une grande salle construite juste en face de la maison. Avant d'entrer, Seb et Julie m'ont confié que chaque invité avait son nom inscrit devant son assiette sur un petit carton. J'ai été surprise et heureuse de trouver le mien ! Cela m'a paru magique et en même temps un peu triste, car si tous les invités sont ainsi placés, qu'en est-il de l'imprévu, des gens que l'on n'attend plus ?

Nous avions à peine fini les présentations que le père

du marié a entamé un splendide discours, suivi du père de la mariée, et des deux mères. C'était drôle et émouvant, surtout lorsque les parents ont souhaité bienvenue à leurs « beaux » enfants. Les jeunes mariés se connaissent depuis l'enfance, ce qui n'a fait qu'accroître le sentiment général de bienveillance. Les parents ont parlé de coup de foudre et d'étincelles de bonheur avec des étoiles dans les yeux. Le père de la mariée a terminé sur sa fierté. J'avais envie de crier la mienne. Et je l'aurais peut-être fait... si ça n'avait été au tour des frères et sœurs de s'exprimer. Seb est monté sur scène avec son frère. Ils ont expliqué combien, l'un et l'autre, se sentaient soulagés d'être enfin débarrassés de leur sœur. Je crois qu'ils plaisantaient. Après, ce fut au tour des cousins et cousines de chanter une chanson sur cette histoire d'amour. Puis, aux amis de la mariée de la décrire en se servant des sept lettres de son prénom. Et aux amis du marié de retracer sa vie, en parodiant le générique du *Fabuleux destin d'Amélie Poulain*, que j'ai vu en DVD. À la fin, le père de la mariée a remercié tout le monde d'être venu, parfois de loin : Espagne, États-Unis... Afghanistan. J'étais si contente d'être citée que ma robe ne me semblait pas assez ample pour dissimuler ma fierté !

L'heure de la danse a sonné. C'est une étrange coutume que de danser entre père et fille, frères et sœurs, mère et fils, mais quelle beauté que de voir deux familles s'unir ainsi. Après quelques instants, les invités ont rejoint la piste. Y compris moi. C'était la première fois de ma vie que je dansais sur une chanson occidentale. Mais c'était ça ou faire tapisserie ! Au début, j'ai eu peur de ne pas savoir m'y prendre. Alors j'ai regardé les autres, et je me suis aperçue, à ma grande stupeur, qu'ils faisaient n'importe quoi. Ils bougeaient les bras dans tous les sens, hurlaient les paroles des chansons en fermant les yeux, faisaient semblant de jouer sur une guitare imaginaire... Alors ça ! Danser, ici, c'est répéter les paroles des chansons. Chez nous, c'est prendre la parole. Rien à voir. La danse est un art qui captive les regards. Là, tout le monde déboule en même temps sur la piste. Personne ne fait attention. Il y en a qui bougent là où ils sont : assis, derrière une chaise, en train de boire un verre. Mais je crois que je ne me suis jamais autant amusée de ma vie !

J'ai dansé jusqu'à 4 heures du matin. Une révolution.

Le lendemain, j'ai déchanté. Je me suis réveillée à midi les yeux collés et tout le monde avait la « gueule de bois ». On devrait appeler ça la « gueule de boire ». Pour changer, on a mangé. Un gigantesque « brunch ». Pas de surprises, cette fois. Mais beaucoup de cadeaux. Comme d'habitude, j'ai mis un mois à trouver le mien : des cadres à photos, patiemment choisis au Printemps. J'étais toute contente de mon effet jusqu'à ce que je découvre que Seb avait offert à sa sœur un objet afghan. J'aurais quand même pu y penser ! J'ai quitté mon pays depuis trop longtemps. Tout est passé si vite. À commencer par cette fête. Se marier, de ce côté-ci du globe, est un prétexte pour partager des moments heureux. La famille de la fille n'est pas soulagée à l'idée de passer le relais, de se soustraire à ses responsabilités. De même qu'elle n'est pas triste de voir son enfant partir à jamais. Il n'y a pas cet horrible dilemme. Et puis les mariés s'aiment...

Le déjeuner s'est terminé sur une jolie idée : le père

de la mariée a demandé aux invités d'inscrire chacun un petit mot sur un bout de papier et de l'envelopper autour d'un sucre. Ainsi, à chaque fois que la mariée prendra un sucre, elle se souviendra de cette nuit. Comme du plus beau jour de sa vie.

Mariage afghan

Les mariages afghans n'ont rien à voir avec les mariages français. Beaucoup de gens, pendant le mariage de la sœur de Seb, m'ont demandé comment cela se passait. Eh bien voilà :

La rencontre

D'abord, ce sont les parents du garçon (ou ses sœurs) qui cherchent pour leur fils (ou leur frère) une femme convenable, mais il peut avoir repéré une fille qui lui plaît. En principe les recherches démarrent dans le voisinage, puis s'étendent aux filles rencontrées lors d'un mariage ou d'une autre fête. Une fois la première liste établie, la famille du garçon se met en quête d'informations sur la bru éventuelle. La plupart des indices sont collectés chez la personne qui a donné la fête où la jeune fille a été repérée. Cette personne précisera si elle est issue d'une bonne famille : Ses parents sont-ils éduqués ? Que font-ils ? Ont-ils bonne réputation ? Et lorsque le mariage a lieu en dehors de notre pays : Vivaient-ils dans une bonne région d'Afghanistan ?

Quel poste occupaient-ils ? Quelle était leur réputation ? Enfin, les questions d'usage : Ont-ils bien élevé leurs filles ? Ont-elles bon caractère ?, etc. Toutes les réponses sont recoupées avec celles d'autres membres de la famille (comme les beaux-frères du futur marié) également chargés d'enquêter sur l'affaire.

Une fois la fille choisie, il est très mal vu d'aller directement demander sa main à ses parents. Il faut à la famille du garçon trouver un prétexte pour se rendre dans sa maison. Et tous les prétextes sont bons ! Comme de chercher une maison à louer dans les environs. Avoir très soif ou une envie pressante ! Rendre visite à des parents qui habitent non loin... De toutes les manières, ils ne prennent pas de risque. Chez nous, ce n'est pas comme en France, on peut se rendre chez les gens sans rendez-vous. La porte est toujours ouverte aux étrangers. Ce sont nos lois de l'hospitalité. Surtout lorsqu'on a une fille à marier !

Très précautionneusement, les parents du garçon se hasardent à poser quelques questions sur les enfants de la maison. Pour équilibrer la conversation, ils donnent des nouvelles de leur fils – d'autant que pendant les années de guerre, beaucoup de garçons se sont enfuis seuls à l'étranger. Ils parlent nonchalamment des heureuses dispositions de ce dernier. De son caractère agréable, de son métier enviable, et, surtout, du pays où il vit. Dès lors, le but de leur visite est clair, la couleur annoncée. Les parents de la fille, à leur tour, commencent à la décrire. C'est une bonne travailleuse, gentille, intelligente, sociable mais pas trop. Elle n'a que peu d'amies et ne se rend jamais chez elles (une fille qui a des amies est mal vue). Elle est non seulement douée à l'école, mais douée à la maison. Elle s'occupe d'eux. Elle sait briquer, coudre, faire à manger... Bref, elle a de l'or au bout des doigts !

À ce stade de la conversation, la mère s'éclipse discrètement de la pièce pour ordonner à sa fille d'enfiler ses plus beaux atours (point trop n'en faut), de se montrer sous son meilleur jour, et d'apporter le thé avec des biscuits sur un joli plateau. Lorsqu'elle apparaît dans la salle, la fille doit garder le regard baissé et servir le thé avec grâce et précaution. C'est sur cette première impression qu'elle sera jugée. Elle peut rester quelques instants dans la pièce. Parfois, les parents du garçon vont lui poser des questions. Parfois non. Mais très vite, il lui faut se retirer. Pour que sa mère puisse la valoriser davantage en précisant qu'elle a préparé le thé et les biscuits. Si les « invités » sont charmés, ils s'exclament que la fille est belle, qu'ils reviendront vite. Dans le cas contraire, ils partent sans dire un mot. En aucune manière, ils ne doivent croiser une des sœurs cadettes de l'élue. Car s'ils venaient à la préférer, à la choisir comme future mariée, cela voudrait dire que l'aînée ne trouverait jamais chaussure à son pied. Chez nous, les filles se marient par ordre d'apparition : un faux pas de l'aînée jette l'opprobre sur les cadettes et une cadette qui se marie avant l'aînée rend celle-ci caduque, périmée.

Si la fille a plu, ses futurs beaux-parents vont envoyer leur fils lui rendre visite. On n'accorde pas la main de sa fille au premier rendez-vous, ni même au second, en principe. La famille de la « convoitée » doit demander du temps pour réfléchir à cet engagement. Il est dit que plus une fille est difficile à obtenir – ce qui se mesure au nombre de fois où l'on demande sa main –, plus elle sera respectée et valorisée.

Sherini Khori (« la cérémonie des sucreries »)

C'est une cérémonie réservée aux femmes, qui se déroule chez la future mariée et marque le jour des fiançailles. Toutes les amies et parentes de la famille sont invitées à boire le thé, danser, chanter et manger des sucreries. Pendant ce temps, un homme respectable, choisi dans la famille de la fille, est dépêché pour représenter la future mariée auprès de l'imam et de son promis dans une pièce fermée. Généralement, il s'agit d'un oncle – désigner son père est interdit. L'oncle annonce les fiançailles aux aînés des deux familles. Il offre au futur mari une corbeille de bonbons ainsi qu'un costume complet, qui va du caleçon aux chaussures en passant par la cravate et le veston. Dans une autre corbeille se trouve de quoi habiller tout le reste de sa famille : frères, sœurs, cousins, cousines, parents, oncles, etc. De son côté, la famille du marié fait également présent de deux corbeilles aux nouveaux venus : l'une contenant des affaires pour leur bru, l'autre pour sa famille. Cette cérémonie, qu'on appelle *Lafz dadan* (« donner sa parole »), prouve que la fille est engagée à un garçon qu'elle va bientôt épouser. Chacun peut reprendre sa parole, mais, pour une fille, rompre cet engagement est assez mal vu.

Après, la fête peut commencer. Les hommes sortent de la pièce où ils étaient confinés, leurs corbeilles sous les bras, et annoncent la bonne nouvelle à l'assemblée, c'est-à-dire aux femmes. Les femmes de la famille du marié s'emparent des corbeilles, dansent et chantent de belles chansons pour l'heureuse élue. À la fin, les parents du garçon donnent une bague en or à leur future bru. C'est une bague de fiançailles. Dorénavant, elle devra la porter tous les jours, pour que personne d'autre ne lui demande sa main.

Cette période de fiançailles n'a pas vraiment de durée déterminée. Lorsque le fiancé habite l'étranger, tout dépend du temps qu'il lui faudra pour régler diverses formalités et inviter sa future épouse à vivre dans son pays. Pour les parents de la fille, plus ça dure et mieux c'est, car leur progéniture reste à leurs côtés. Pour ceux du garçon, c'est tout le contraire : afin de prouver la constance de leur engagement, il leur faut envoyer régulièrement des cadeaux à la fiancée, vêtements, maquillage, bijoux, chaussures, nourriture ou fruits de saison. Pendant l'Aïd, ils en seront quittes pour un mouton et, pendant les fêtes du nouvel an, il leur faudra se fendre d'un plat traditionnel, le poisson à la gelée.

Shab-e-khina (« la nuit du henné »)

La nuit qui précède le mariage s'appelle *Shab-e-khina*, la nuit du henné. On peint au henné les mains des futurs époux. Puis, on fait de même avec tous les autres célibataires présents – filles et garçons. À cette réception, seuls les proches sont invités. Tout le monde danse, à l'exception de la promise. Elle n'a pas à montrer son bonheur et parle le moins possible. Elle porte une très belle robe, généralement rouge.

Shale mandan (« mettre un châle »)

Le jour suivant, le grand jour, les femmes de la famille du marié viennent chez la future mariée avec un châle vert qui va la recouvrir le temps de l'emmener chez le coiffeur. Cela signifie qu'elle quitte définitivement sa maison pour se marier. Au salon de coiffure, la jeune femme va, pour la première fois, se faire épiler les sourcils, puis le reste du corps, car sa peau doit être impeccablement lisse, mais aussi se faire coiffer et maquiller durant des heures. Ses sœurs, belles-sœurs et autres parentes feront de même. C'est un moment très excitant.

Nikka (« le contrat de mariage »)

Dans la soirée, tous les invités se réunissent à l'hôtel, lieu de mariage par excellence. Il peut y avoir entre 100 et 500 convives, tout dépend des relations entre les deux familles et de la fortune du marié, qui prend à sa charge toute la cérémonie. Les premiers invités arrivent vers 17 heures. Premier arrivé, premier servi : la plupart choisissent les tables proches des mariés et évitent celles qui jouxtent le groupe de chanteurs – histoire de pouvoir parler ! Tout le monde est sur son trente et un, car il s'agit de faire honneur à la famille qu'on représente. Mais tout se joue sur les bijoux, l'accessoire le plus important de la garde-robe. Quand la salle est suffisamment pleine, le groupe commence à jouer et les convives à danser, jusqu'à 20 heures. Le fiancé va chercher sa promise au salon de coiffure. Puis le chanteur entonne une mélodie qui annonce leur entrée, précédée de celle de certains membres de leurs familles, plutôt vieux et respectables.

Les promis doivent s'avancer doucement. C'est pourquoi la chanson scande « *Aysta boro* », « va lentement ». Quand le couple est enfin dans la salle, tout le monde se lève et applaudit. La fille doit garder les yeux baissés. Elle ne doit montrer ni sa joie, qui chagrinerait sa mère, ni sa tristesse, qui serait une offense à sa belle-mère. Elle porte une robe verte, symbole de l'Islam et du bonheur. D'une main, elle tient son bouquet de fleurs. De l'autre, la main de son promis. Quand ils arrivent à leur place, les futurs mariés s'assoient et tout le monde peut en faire autant. C'est alors que le groupe entonne des chansons de mariage qui retracent le « parcours du combattant » de la famille invitante – rappelons que plus la mariée a résisté, mieux c'est ! Les belles-sœurs de la mariée dansent et divertissent la salle. Elles mettent en pratique les pas qu'elles ont répétés la veille avec des cousines. Les parents et les frères du marié s'y mettent aussi. Mais jamais les parents de la mariée. C'est ainsi. Après quelques heures, le fiancé s'éclipse, pour aller dans une pièce adjacente, une chambre qui a été louée, signer son contrat de mariage, *Nikka*.

Un imam est là. Les femmes n'ont pas le droit d'entrer dans cette pièce, pas même l'élue. La promise patiente dans une autre chambre de l'hôtel avec des dames de compagnie. Parfois, donc, l'imam vient lui demander son accord symbolique. Mais souvent, ses témoins se rendent dans la pièce des hommes pour donner le nom du tuteur, un oncle, qui va la représenter.

Une somme d'argent est alors fixée puis approuvée par l'avocat de la mariée et celui du marié. C'est ce que l'on appelle *Haq-è-mehar*. Je ne sais pas exactement de quoi il retourne, mais je pense qu'il s'agit du montant que devra verser le mari à sa femme au cas où il lui accorderait le divorce. Le mari dit trois fois « oui » et le mariage est prononcé.

Dans la salle, on distribue un bonbon à chaque invité, signe que le contrat est scellé. Le marié passe à toutes les tables pour qu'on le félicite puis se rend dans la pièce où demeure son épouse, loin des regards. Le dîner peut commencer. Les meilleurs plats sont cuisinés. Il y a beaucoup de mets, comme en France, à cette différence près qu'ils sont tous servis ensemble : plats, desserts, entrées, sucré, salé, salades... Les mariés dînent dans une pièce séparée avec leurs parents. On ne peut pas les voir. La mariée prend garde à ne pas trop manger pour ne pas heurter les convives par un bonheur trop ostentatoire (mais, parfois, elle a tellement peur de se marier qu'elle a l'appétit coupé !). Elle parle peu et pas question, comme en France, d'aller de table en table, de boire, ou de rigoler. Dans le hall, la musique bat son plein et une personne insiste pour qu'on danse. Sans elle, nul n'oserait mettre un pied sur la piste.

La mariée se change dans sa chambre. Elle revêt une robe blanche, comme en France, en signe de pureté, et porte un long voile. C'est ainsi parée qu'elle entre dans sa vie de femme mariée. Personne ne l'a jamais touchée (la sœur de Seb, elle, vivait depuis deux ans avec son fiancé !) et cette étoffe immaculée en est la preuve. Les autres membres de la famille ainsi que le marié peuvent aussi se changer pour enfiler de plus belles tenues conçues tout spécialement pour l'événement. Lorsqu'ils sont de retour, toute la salle se lève à nouveau pour saluer leur entrée. Mais cette fois, les invités s'approchent, les félicitent et prennent des photos. Le marié attache au cou de sa femme un ou plusieurs colliers en or, et lui passe une ou plusieurs bagues au doigt. On allume des bougies. Les mariés découpent une part de gâteau ainsi qu'un dessert préparé par la mère de la mariée, baptisé *Malida*. Une semoule faite de mie de pain écrasée, de sucre, d'huile, et parfumée à la cardamome. Chacun fait goûter à l'autre une part de gâteau. Puis chacun porte à la bouche de l'autre un verre de jus de fruits. Les convives peuvent alors déguster à leur tour la pâtisserie.

Les mariés sont recouverts d'un châle vert. On leur passe le Coran, dont ils récitent une ligne, ainsi qu'un miroir soigneusement empaqueté. C'est dans ce miroir qu'ils sont censés se voir pour la première fois. La mariée devra le garder toute sa vie car son visage appartient à son seul mari. Le miroir est son porte-bonheur. Elle ne doit le montrer à personne d'autre et nul ne doit le regarder avant eux. Cela porterait la poisse au jeune couple. Les veufs, les célibataires et les femmes stériles sont éloignés du précieux objet pour les mêmes raisons. Donc, ils se regardent. Je ne sais pas ce qu'ils font d'autre, puisque toute la scène est voilée. Un jour, j'ai demandé à ma mère et mes sœurs aînées ce qui se tramait là-dessous, elles m'ont répondu de ne pas poser tant de questions. Peut-être s'embrassent-ils ?

Pour clore la cérémonie, les invités font une ronde autour des époux. Les sœurs et les cousines de la mariée ont revêtu leurs tenues afghanes et entament des danses traditionnelles qui s'appellent *Athan*. Le dernier air, qui signifie quelque chose comme « au revoir », fait clairement comprendre qu'il est temps de partir. Il est 2 ou 3 heures du matin, tout dépend de l'ambiance. Les mariés sont debout pour remercier les invités. Et quand le dernier d'entre eux a franchi la porte, le père ou le frère de la mariée attache autour de la taille de sa fille ou de sa sœur une ceinture verte qu'il serre jusqu'à lui couper le souffle et y glisse de l'argent ou une bague. La jeune femme sait qu'elle va quitter les siens à tout jamais. Elle pleure. Le mariage est toujours très déchirant pour la famille de la mariée et très plaisant pour la famille du marié. Les premiers savent qu'ils perdent une fille, les seconds qu'ils gagnent une femme ! Une voiture blanche spécialement décorée attend. À peine la jeune femme est-elle arrivée dans sa nouvelle demeure, chez son beau-père, que celui-ci tue un mouton ou un coq, en fonction de ses moyens, et renverse quelques gouttes de sang sur les souliers blancs de sa bru.

Tarjami

Le lendemain matin, les beaux-parents de la mariée vont chez elle, dans son ancienne maison. Ils préparent des fruits, de la nourriture, quelques mets. Tous les invités présents la veille se retrouvent, car c'est le moment d'offrir les cadeaux. Dans notre tradition, on n'ouvre jamais un cadeau quand on vous le donne, ce serait trop mal élevé, il faut attendre d'être seul pour ça. Autrefois, l'usage voulait que les parents offrent à leur fille des étoffes, de la vaisselle, de beaux objets pour la maison appelés *Jihais*. Mais les temps ont changé. Les familles n'ont plus les moyens de payer ce genre de présents. À la place, les parents de la mariée apportent le *Nashtai*. C'est un petit déjeuner qui comporte aussi du riz, des *keblas*, des *manto*, des gâteaux et au moins un mouton. Désormais, la mariée va demeurer chez ses beaux-parents toute sa vie. C'est à sa belle-mère qu'elle devra demander l'autorisation de sortir. Le premier mois, elle sera traitée comme une reine au cas où elle attendrait un heureux événement. Après, c'est autre chose...

Comme je le disais, c'est au marié de payer le mariage. Par ce geste, il « défraie » le père de la mariée, qui part enrichir une autre maisonnée. La somme varie en fonction des familles, du milieu et des ethnies. Plus la cérémonie a de l'allure, plus son prestige est grand. Il arrive au marié de s'endetter à vie, et de travailler dans l'unique but de rembourser ses créanciers. Toutes ces dépenses expliquent aussi pourquoi les garçons doivent patienter longtemps avant de pouvoir songer à prendre épouse. Ce qui entraîne bon nombre de frustrations dans un pays où les rapports entre filles et garçons sont interdits hors du mariage. En cas de divorce, la mariée restera propriétaire de son trousseau et des bijoux.

Tous les mariages auxquels j'ai pu assister se sont pour la plupart déroulés au Pakistan, mais j'ai eu l'occasion de me rendre aussi à des mariages afghans, dans mon pays natal. Les traditions y sont à peu près les mêmes. Si ce n'est que la cérémonie se déroule sur une petite semaine dans la mesure où il y a beaucoup plus de gens qui viennent de loin ! Non, la seule véritable différence entre un mariage à Kaboul et à Islamabad, c'est qu'on s'ennuie à mourir dans le premier. Je crois que la principale raison à cela tient au fait que l'on sépare filles et garçons. Or, dans la chambre des filles, il n'y a pas de groupe de musique, mais un haut-parleur qui crache des décibels saturés, et, croyez-moi, ça n'a pas le même effet ! Il ne reste plus qu'à regarder l'heure passer et à manger. Hélas, les plats sont souvent mauvais : la guerre détruit tout sur son passage, y compris les traditions culinaires. Comme le mariage était interdit sous les taliban, les Afghans, aujourd'hui, se marient à la chaîne sans même prendre le temps d'organiser la cérémonie. Ils décorent une voiture blanche sur Flower Street, louent un hôtel pour 500 personnes, le marié vient vaguement saluer les femmes et basta ! Tous les frais sont, là aussi, à la charge du mari.

19 juillet 2004

Hier, je suis allée à l'ambassade du Pakistan, juste à côté des Champs-Élysées, pour obtenir mon visa. Le lieu est grand, mais le service des visas se cache derrière une toute petite porte, surveillée par une grosse caméra, qui donne directement sur la rue. On sonne, on attend, on re-sonne, parfois. Finalement, on descend un escalier étroit, on longe un couloir et au bout se trouve une sorte de cave remplie de chaises alignées comme dans une classe. Il fait humide et ça sent la sueur. C'est là. Me voilà donc, assise, seule fille au milieu d'une nuée d'hommes comme je n'en ai plus revu depuis mon départ d'Islamabad : des barbus en *shawal-kamiz*. Une légère appréhension, à laquelle je ne m'attendais pas, me prend au ventre. Quand mon tour arrive, je me lève pour me présenter à l'un des trois guichets. Je parle urdu – la langue pakistanaise – couramment. Je n'ai donc aucun mal à répondre dans sa langue natale aux questions du type derrière la vitre. Tout se passe plutôt bien. Je lui tends mon passeport et lui explique que je suis « afghane ». Là, sa physionomie change brutalement : ses traits tombent d'un étage, sa bouche se contracte, il ne me regarde plus. Le ton devient cassant, les mots menaçants, les gestes malpolis. Il m'explique, sans détour, qu'il n'a pas le temps de s'occuper de moi et qu'il faut que je repasse plus tard. Je repars m'asseoir, mon ventre est comme une machine à laver en phase essorage. Et j'attends... La salle se vide, peu à peu. Et quand, finalement, il ne reste plus personne, le type frappe à la vitre, me tend un papier sans même me regarder et m'aboie de revenir le lendemain. J'en ai le souffle coupé. J'ai attendu toute la matinée pour un simple bout de papier ? C'est donc si terrible d'être afghan ?

20 juillet 2004

Pas question de rendre les armes. Je fais le siège de l'ambassade du Pakistan dès l'ouverture : 9 heures. Il y a plein de gens. Je suis, comme d'habitude, la seule fille. Exception faite d'une soldate. Ça sent mauvais, dans tous les sens du terme. Tous ces types qui me fixent comme un troupeau de chiens affamés lorgneraient un tas d'os. Cela fait longtemps que je n'ai pas ressenti ça : ce regard qui vous transperce jusqu'à la moelle. Beurk. J'ai l'impression de remettre une vieille peau trop étroite pour moi. Pour tromper l'ennui, je jette un œil au mur sur ma droite où s'écorne tranquillement le poster d'une montagne enneigée. Que ce soit en Afghanistan, au Pakistan ou en Inde, la montagne enneigée est un fantasme absolu pour nous autres. On en trouve des affiches dans toutes les écoles, les administrations et même dans les *tchaïkhona* les plus reculées. Il s'agit souvent du mont Cervin, qui se situe en Suisse, paraît-il. Mais ici, l'air est saturé. Et aucun moyen d'évacuer... J'attends. Une fois que je connais le Cervin par cœur, j'observe les gens : on tend son passeport à un premier guichet, puis on donne une certaine somme d'argent à un deuxième, où on dit de revenir le lendemain. Bien. Si même les Indiens y parviennent, l'Inde étant le grand ennemi du Pakistan, je devrais pouvoir m'en sortir indemne. C'est à moi ! J'arrive à la guérite où je tombe sur le même homme que la veille. Pas de chance. Avant même de prendre mon passeport, il décide de s'accorder une pause et je le vois se lever et partir dans un autre bureau, sans un mot pour moi, fumer tranquillement sa cigarette. J'attends. Quand enfin il revient, c'est pour enchaîner les questions sur un débit de mitraillette : pourquoi le Pakistan ? Qu'est-ce que je vais faire là-bas ? Combien de temps ? Bref, autant d'interrogations stupides auxquelles j'ai déjà répondu dans le papier que je lui ai rendu.

Je vois bien, à son regard fuyant, qu'il ne veut pas m'accorder de visa. Pas même me parler. Il demande à son collègue d'enquêter sur mon cas. De vérifier si mes papiers sont en règle. Mais regardez-moi : je suis une fille, je mesure 1,53 m, j'ai 18 ans. C'est pas vrai, ça ! Finalement, le type me dit de les appeler vendredi. Je lui demande pourquoi et à quel numéro. Pas de réponse. Je lui redemande pourquoi je dois téléphoner alors que les autres viennent directement. Pas de réponse. Je repose une troisième fois ma question : il me dit de passer vendredi. Je maudis le Pakistan. Pourquoi je retourne là-bas ? S'il n'y avait pas ma famille, je n'y remettrais plus jamais les pieds. J'ai honte d'avoir passé tant d'années dans ce pays qui nous a si mal accueillis. Je les déteste. C'est nous qui souffrons, pas eux. C'est nous qui payons, pas eux. Ce type me hait. Je lui aurais bien craché au visage, renvoyé son racisme en pleine figure pour lui faire perdre la face. Mais je n'ai rien osé dire. Et je ne sais pas ce qui me fait le plus souffrir : son attitude ou la mienne. Son mépris ou ma passivité obligée. Si je veux partir, je n'ai plus qu'à me taire et ravaler mon orgueil. C'est le prix à payer. Mais ai-je vraiment envie d'y retourner ?

23 juillet 2004

9 heures, ambassade du Pakistan. Je n'attends pas. Je suis la première au guichet. Le type me reconnaît. Je lui demande mon passeport. Il me le tend, sans un mot, et me fait signer un papier, en bas. C'est sûr, je n'ai pas le visa. Je ressors au bord des larmes, mais je me retiens bien de pleurer. Je ne vais pas leur faire cette joie. Je dévale la rue jusqu'à l'arrêt de bus, je monte. Mon cœur bat à cent à l'heure. Plus vite que les voitures qui nous dépassent. Je ne vais pas pleurer – je ne vais pas pleurer – je ne vais pas pleurer. Je regarde mon passeport que je serre encore nerveusement entre mes doigts. Je renifle un coup. Machinalement, je le porte à hauteur de mes yeux embués, tourne les pages. Je regarde la photo que j'avais prise, toute fière, avant de partir. Je tourne encore et là, je le vois : mon visa. Ça a marché ! Cet idiot ne m'a rien dit, mais je l'ai ! Je

me mets à pleurer comme une fontaine. Je vais pouvoir retrouver ma famille. Voir si ma petite sœur et mon petit frère ont grandi, jouer avec ma nièce, me blottir contre ma mère pendant des heures. Oubliée, l'ambassade. J'irai au Pakistan !

25 juillet 2004

Il est 1 heure du matin. Je n'arrive pas à dormir. Quand je ferme les yeux, je vois ma mère, mes sœurs, mon petit frère. Je leur ai cherché des cadeaux toute la journée. J'espère que ça leur ira. Je ne sais plus vraiment quelle taille fait mon frère et, ici, les enfants sont plus grands qu'en Afghanistan. Pour mes sœurs, j'avais tellement peur de me tromper, de ne plus mesurer ce que l'on peut porter ou pas, de choisir quelque chose de trop sexy, que je leur ai acheté deux robes longues. Et même ça, je me demande si ce n'est pas trop osé. Si je ne dois pas découdre l'ourlet ou rajouter un jupon. Je ne sais plus. Tout se mélange dans ma tête. Ma tante Chekeba est partie travailler en Afghanistan avec Khala Jon, et Benjamin est en vacances. Même le chat n'est pas là. Je suis toute seule dans la maison. Depuis quinze jours. Je devrais commencer à m'habituer. Mais non. C'est la seule chose à laquelle je ne me fais pas : la solitude. D'habitude, tous les soirs, je raconte ma journée à Khala Jon. Là, j'ai obtenu mon visa, j'ai vu le feu d'artifice du 14 Juillet, j'ai fait les soldes, j'ai visité le musée du Moyen Âge, j'ai dîné au resto avec Noémie, je suis allée à Paris-Plage... J'ai même découvert une nouvelle manie : « bronzer », se mettre en plein soleil à l'heure du déjeuner. Chez moi, plus la peau d'une femme est blanche, plus celle-ci est cotée. La mariée afghane est diaphane, maquillée au talc, pure comme la lune. Ici, c'est l'exact opposé. Bref, je suis pleine à craquer d'histoires et mon fardeau est trop lourd à porter. Ma tante Chekeba est plus française que moi. On voit qu'elle a été élevée ici, parce qu'elle aime se retrouver seule. Elle me dit que c'est agréable parfois. Elle me murmure : Tu verras... Je vois qu'elle et Khala Jon me manquent terriblement. Je vois que cela va faire deux personnes de plus, trois en comptant Benjamin, que je vais regretter en partant. Je vois que je n'ai pas besoin de ça, déjà que je me suis trop habituée à ce pays.

30 juillet 2004

C'est mon dernier jour à l'Alliance Française. Je suis triste. J'ai dit au revoir à mes profs, aux étudiants, à cette année. Nous avons échangé nos mails, on s'est promis de se revoir, et j'ai pris des photos de tout le monde sur mon mobile. Pour prolonger un peu le départ nous sommes allés pique-niquer. C'était sympa, à part cette fille espagnole que je ne connaissais pas et qui prétendait que je savais parler l'arabe. Je lui ai répondu que non, que je ne l'avais jamais appris. Devant tout le monde, elle m'a soutenu que si : « Tous les Afghans parlent arabe, mais ils le nient. – Ah oui, lui ai-je dit, et qu'est-ce que tu en sais ? Tu es déjà allée en Afghanistan ? Qu'est-ce que tu connais de mon pays à part Massoud, les taliban et Al Qaeda ? » Je lui ai expliqué que nous parlons dari, ce qui est du perse ancien, que nous avons certains mots en commun avec l'arabe, que j'ai appris à lire des phrases du Coran que je ne prononce pas bien et que je comprends encore moins. Je lui ai aussi dit que les Afghans n'ont aucune raison de s'exprimer en arabe, car les Arabes n'ont envahi le pays qu'au VIIe siècle après Jésus-Christ. Bref, on trouve des Arabes chez les taliban, mais pas chez les Afghans ! Le pire, c'est qu'elle n'est pas la première à me poser la question. Tout le monde pense que je connais l'arabe. Même les amis de Khala Jon. J'ai honte de constater que ma langue natale, celle de mon pays, le dari, ne dit rien à personne. C'est pour cette raison que les Afghans expliquent pudiquement qu'ils parlent perse. Au moins, tout le monde sait que la Perse est devenue l'Iran. Après ça, je me suis levée et je suis partie.

Dans la soirée, la fille m'a appelée pour s'excuser. Elle m'a dit qu'elle potasserait davantage son dossier afghan. Je me suis engagée, pour ma part, à me renseigner sur l'Espagne. Et nous avons raccroché.

3 août 2004

J'ai mal à la main. J'arrive à peine à tenir mon stylo. Comme si mes doigts étaient collés les uns aux autres et que le simple fait de les ouvrir ou de les fermer, la moindre pression exercée sur eux, allait les déchirer. Aujourd'hui, j'ai appris à monter sur un vélo ou plutôt à tomber de vélo. Vu mon état... Première fois de ma vie. J'ai profité de ces quelques jours passés en Bretagne avec mon oncle Zaman chez mon oncle Zarine pour demander à mes cousins, Alexandre et Soraya, de m'enseigner l'art de pédaler. Je suis contente de voir que mon oncle a une petite maison, une voiture et des vacances, comme tous les Français. Car en France, on part beaucoup en vacances. C'est un symbole national, une fierté, un acquis. Il y a même des expressions toutes faites pour désigner ces moments-là. On « prend » son week-end. On « pose » ses RTT. Au début, en voyant le calendrier scolaire de Benjamin, je me suis dit : « Mais les gens n'ont rien d'autre à faire que de partir tous les mois et demi ? » Chez nous, les vacances n'existent pas.

L'été, en Bretagne, n'a rien à voir avec l'hiver. Il y a beaucoup de monde, aucun endroit où se garer, et les sièges de la voiture sont brûlants. Trois bonnes raisons de faire du vélo ! En théorie, la bicyclette est un jeu d'enfant. En pratique, je ne suis plus une enfant. Pour commencer, il a donc fallu que j'apprenne à me tenir droite sur la selle. Ce qui est très facile quand on garde les pieds par terre. Moins, quand on met les pieds sur les pédales. Là, je tombe. Le seul moyen de garder l'équilibre, c'est de pédaler. Le problème est que je n'ai pas la force d'enclencher le mouvement. Donc, je tombe encore. Du coup, Alex et Soraya me poussent dans le dos pour m'aider à démarrer. Les pauvres ! Ça roule jusqu'à ce qu'ils me lâchent. Là, je peux tomber. Évidemment, pour cette première leçon, nous avons choisi l'heure du déjeuner, en plein soleil. Histoire de bien suer. Nous sommes restés trente minutes sans l'ombre d'un résultat. Sans l'ombre de quoi que ce soit, d'ailleurs. Mes cousins s'étonnaient que je ne sache pas pédaler. Pour mettre fin à leur corvée et à ma honte, je leur ai demandé de bien vouloir me laisser m'entraîner toute seule.

Je me suis exercée pendant trois heures ! Une folie. Impossible de m'arrêter. À chaque fois que mes cousins, mon oncle ou son épouse sortaient de la maison pour voir où j'en étais, « pfut », je me dégonflais comme une vieille baudruche : complètement découragée. Et dès qu'ils tournaient les talons, hop, je m'y remettais, la rage au ventre. Je ne sais pas ce qui m'a pris. Je suis tombée dans l'herbe, dans la rue, dans les poubelles, dans les buissons, dans le gravier. Tout le monde me disait d'arrêter. Mais j'avais tellement honte de ne pas y arriver que j'ai continué. J'ai d'abord réussi à pédaler un peu. Par hasard. Puis suffisamment pour faire un semblant de chemin, donner un but au hasard et prendre la petite rue. Là, toute la famille m'a applaudie et félicitée. J'étais fière, peut-être plus fière que jamais. Mon cœur explosait de bonheur. Le sang me fouettait les joues. Comme si un rêve d'enfant devenait réalité... En vérité, je ne sais même pas comment j'ai fait. Je suis rentrée trempée. Mon t-shirt blanc, tout gris. Et mon pantalon noir tellement déchiré que j'ai dû le jeter. J'ai monté l'escalier, un cauchemar de douleur, et j'ai pris un bain chaud où j'ai bien cru perdre mes pieds. Maintenant, je suis rouge vif, complètement cassée, et je n'arrive pas à dormir tellement mon corps a mal et mon âme est excitée !

4 août 2004

Réveil difficile. J'ai mal partout. Les blessures aux genoux, le long de mes jambes, sur les bras, ont pris une drôle de teinte. Je crois qu'on appelle ça des « verts ». Je me désincruste du lit et m'habille tant bien que mal. Avec une idée fixe : remonter sur le vélo. Avant ça, je dois franchir l'épreuve de l'escalier. Impossible de plier ou de serrer les jambes, j'ai l'impression d'avoir fait l'exode à tonneau. Une fois en bas, je me dirige vers le garage : il est là, il m'attend... Mais je dois d'abord cuisiner l'*ashak*, une spécialité afghane qui met des heures à cuire. OK. Je relève mes manches et demande à Soraya de m'aider. Il faut faire la pâte, préparer les boulettes de viande, bouillir le tout. Ça me prend la matinée. Le déjeuner est délicieux. Cela fait longtemps que je n'avais pas mangé afghan. Vite ! Je débarrasse. Vite ! La vaisselle. Vite ! Mon vélo. Je grimpe dessus et m'écrase direct. Comme une bouse. C'est pas vrai ! J'ai déjà tout oublié ou quoi ? Je remonte et c'est comme si je remontais le temps, qu'il fallait repartir de zéro : les pédales, l'équilibre, la vitesse... Boum. Finalement, après quelques instants, les gestes me reviennent. Je retrouve le rythme. Et je peux descendre la rue. Trop vite. Au secours ! Je finis dans le mur des voisins. En revanche, pour remonter la pente, j'ai du mal. Pas assez de force pour appuyer sur les pédales. Je tourne le guidon à droite pour prendre mon élan... Trop violent. Je m'écrase, cette fois, sous le vélo. La femme de mon oncle m'apprend à freiner et, après deux heures de ce rythme, mon oncle nous propose de partir en balade. Je calme son ardeur. À la place, je m'entraîne pas loin de quatre heures. Et à la fin, je rentre me coucher. Direct. Je montre mes « verts » à mes cousins. Bonne nuit.

6 août 2004

Aujourd'hui, pas de bicyclette. Mon oncle Zaman s'inquiète pour mon équilibre mental. À la place, nous allons à la plage. Tout le monde est parti chercher son maillot de bain, sauf moi. La femme de mon oncle m'a demandé si j'en avais un. Je lui ai répondu que non. Elle m'a proposé de me prêter le sien, j'ai refusé. Mes cousins ont insisté, je leur ai dit d'arrêter. « Si ça continue comme ça, je n'y vais pas », ai-je ajouté. Mon oncle m'a demandé si c'était vraiment ce que je voulais, me priver de plage. Bien sûr que non ! Mais je ne veux pas porter de maillot. Je suis plus pudique au milieu des miens qu'avec des étrangers.

À la plage, il y a des gens nus, comme à Paris-Plage. On installe sa serviette sur le sable. On fait bien attention à ce que le sable ne mange pas la serviette. Et tout le monde se déshabille. Sauf moi. Je trouve légèrement inconvenant que mon oncle ne fasse aucun commentaire sur la tenue de sa femme et de sa fille. Son épouse est française, certes, mais sa fille est afghane. Chez nous, la religion se transmet par le père. Au lieu de ça, ils sont tous partis se baigner. Et je suis restée seule, assise, tout habillée. Avec l'impression que le monde entier me regarde. Que faire ? J'ai d'abord joué avec le sable : intéressant, mais pas passionnant non plus. Puis, j'ai admiré la mer. De loin, elle est bleue. Elle tourne au vert quand on s'approche. Jaune, si le soleil l'éclaire. Et devient carrément noire quand on a le nez dedans ! Tout le monde nage : les vieux comme les enfants. J'aimerais tant savoir ce que ça fait, mais... je ne sais pas nager. Si j'y vais, les gens vont me prendre pour une anormale. Du coup, je ne fais que regarder. J'ai l'impression d'être au cinéma. La seule différence, c'est qu'au cinéma il y a plus de spectateurs que d'acteurs, alors qu'ici, c'est l'inverse : je suis la seule spectatrice. Le sable est ma salle, la mer mon écran, et le film est embêtant. Les acteurs sont muets. Ils s'allongent ou s'agitent. Au loin.

Je m'ennuie. Pourquoi n'ai-je pas apporté un livre ou mon walkman ? Gentiment, mon oncle Zaman est passé voir si tout allait bien. J'ai dit « oui, oui ». Il a insisté pour que je trempe au moins « un » pied. Après tout, je suis venue de Paris exprès. Tremper un pied ? Pour quoi faire ? Et combien de temps ? À part me couvrir de ridicule, je n'en vois pas du tout l'intérêt. Je réponds que j'irai plus tard. Il revient et insiste pour que je goûte l'eau : « elle est salée ». Elle est sale, surtout. Les gens doivent faire pipi dedans ! Mais je suis à court d'arguments. Je m'approche du rivage, lentement, ma longue robe légèrement relevée. Je croise une nuée de gens à moitié nus qui me regarde étrangement. Je trempe un premier pied dans l'eau. Une sensation de fraîcheur m'envahit, puis une horrible douleur qui m'arrache un cri de mouette : « Mes verts ! – Quels verts ? », hurle je ne sais qui. Je montre les blessures, les écorchures que j'ai aux pieds, les cloques, les rougeurs, les plaies... « Yalda, on appelle ça des bleus. » Ça brûle atrocement. Je me penche pour prendre de l'eau dans la main et la porter à ma bouche. En me baissant, j'ai à peine le temps de constater que je ne vois même pas mes pieds tant la mer est noire, que je recrache l'eau vite fait bien fait. Jamais goûté un truc si salé. Le picotement sur mes plaies s'apaise, je décide de marcher un peu. L'eau éclabousse ma robe. Je rougis. Ça ne se fait pas du tout d'avoir une robe mouillée chez nous ! Mais c'est si bon que j'y passerais bien ma vie.

7 août 2004

Pas envie de rentrer à Paris. Ça m'a fait plaisir de voir mon oncle et ses enfants. De parler dari, de manger afghan. Ils ont l'air très français maintenant. Soraya, qui a 14 ans, est beaucoup plus grande que moi. Ça me gêne un peu. Elle veut passer son bac, son permis de conduire et aller jouer au casino. Elle ne parle pas perse, pas plus qu'Alexandre, mais allemand ! Elle s'habille comme toutes les filles de son âge. Jean taille basse, t-shirt taille haute. C'est étrange, d'ailleurs, parce que j'ai eu l'impression que son père n'était pas contre l'idée que je ne m'affiche pas en maillot de bain sur la plage. Il m'a semblé l'entendre dire, en haut de l'escalier, « Yalda ne peut pas se déshabiller ». Comme si je ne relevais pas du même statut que sa fille. J'y ai pensé pendant tout le chemin du retour. Est-ce qu'il me traite différemment ? Et pourquoi ? N'ai-je pas le droit aux mêmes libertés que sa fille ou sa femme ? Il est vrai que je ne voulais pas me mettre en maillot, parce que je ne me sentais pas à l'aise. Mais me l'interdire est une autre histoire. Ou alors il faut appliquer la même règle à tous. S'il ne veut pas que je porte le maillot comme une Française, sa fille doit parler dari comme une Afghane. À partir du moment où il élève ses enfants dans la tradition occidentale, ce qui est son droit le plus strict, je ne veux pas être traitée différemment. C'est la première fois que je pense comme ça. Depuis que je suis ici, je me bats pour garder mon droit à la différence. Et là, je me bats pour qu'on reconnaisse mon droit à être comme tout le monde ! Il aura fallu un an et que je me retrouve au milieu des miens pour ça. On oublie vite le goût de la liberté quand elle est offerte tous les jours sur un plateau. On devient snob. Et l'on finit par reporter le foulard...

10 août 2004

Khala Jon est rentrée d'Afghanistan ! D'après elle, Kaboul a incroyablement changé. Si le quartier de jad-e Maiwand, le plus touché pendant la guerre civile, est toujours en ruine, le centre, après avoir longtemps résonné des impacts de bombes, grouille de vie et palpite au rythme des sonneries de portables. En 2002, lorsque je suis rentrée dans la capitale, il n'existait ni réseau téléphonique national, ni portable, ni Internet. On communiquait avec l'étranger au moyen de téléphones satellite, gros comme des télés, qui marchaient quand bon leur semblait. Aujourd'hui, les « cybercafés » poussent comme des champignons : à chaque coin de rue, on voit apparaître des boutiques, parfois pas plus grandes qu'une boîte à chaussures, où dix-huit Afghans se pressent sur un écran. Pareil pour les restaurants. Indiens, chinois, thaïs, américains, italiens, français : on trouve de tout à Kaboul. On peut même se faire livrer des pizzas.

La majorité des femmes continue de porter le tchadri, pour des questions de tradition et de tranquillité, mais il paraît qu'elles sont de plus en plus nombreuses, dans le centre-ville, à n'arborer qu'un simple foulard.

Et que certaines n'hésitent plus à boire un *tchaï* à petites gorgées aux terrasses des cafés ! Comme à Paris. Je n'arrive pas à le croire. Il paraît que le cinéma Ariana est plein tous les soirs. Que des vieilles copies de films ont été exhumées de leur cachette secrète. Et que des boîtes de nuit voient le jour. Sûrement pour les étrangers ! Il paraît que la ville a doublé de volume, qu'il y a beaucoup d'Occidentaux et que les Afghans reviennent. Il paraît que le contraste est d'autant plus détonnant avec les périphéries pauvres, et les campagnes accablées par les sécheresses.

Il paraît, il paraît...

L'Afghanistan est en pleine reconstruction, et j'aimerais tant apporter ma petite pierre au chantier. Ce serait ma manière à moi de remercier pour tout ce que l'on m'a donné.

11 août 2004

Sama a 29 ans, elle vit à Lyon depuis dix ans, après avoir fait ses études supérieures en Russie, comme beaucoup d'Afghans. Je l'ai rencontrée grâce à un ami commun. Nous sommes allées voir *30 ans sinon rien*, l'histoire d'une fille de 13 ans qui se retrouve un beau jour dans la peau d'une trentenaire et tombe amoureuse du prince charmant. J'ai préféré *Fahrenheit 9/11*, un film sur les attentats du 11 septembre et contre George Bush. Ça m'a fait plaisir que quelqu'un parle de nous, s'intéresse à l'histoire de l'Afghanistan, au terrorisme des taliban... Et dire que c'est un Américain qui l'a réalisé ! Je vois mal un cinéaste pakistanais, afghan, ou même français, critiquer de la sorte son président. Et ce, en dépit de l'incroyable liberté d'expression dont on bénéficie ici.

Sama a l'air triste. Différent. La première fois que je l'ai rencontrée, elle était, comme elle est d'habitude, souriante, belle et enjouée. Elle m'a parlé de la vertu des Afghanes. De notre éducation, notre culture, nos bonnes mœurs. Elle m'a dit que, pour ne pas pousser de travers, je ne devais jamais oublier mes racines. Que je pouvais me lier d'amitié avec des garçons, à condition de ne pas laisser mon cœur l'emporter sur la raison, de penser à la réputation de ma maison. Enfin, ce genre de choses. Et ce soir, je la reconnais à peine. Je ne sais pas si c'est parce qu'elle rentre d'un voyage à l'étranger, mais j'ai l'impression d'être assise en face d'une autre Sama. Une version inédite et non sous-titrée. « En Angleterre, me dit-elle, les Afghanes se marient vers 23 ans, 24 au plus tard. » C'est donc ça ! Sama a 30 ans et elle est toujours célibataire. Ce qui peut paraître insensé aux yeux d'un Afghan, mais sonne banal à toute oreille occidentale. Un expatrié a pourtant dû lui glisser une remarque désobligeante parce qu'elle semble ne plus avoir qu'une idée en tête : trouver un mari ! « À 30 ans, dit-elle, il est temps de faire sa vie. »

Et en attendant, Sama me l'a racontée. Elle habite seule et travaille dur à un poste pour lequel elle est surqualifiée. Elle n'a pas d'amies, ou peu, hormis une sœur qui vit à Paris. À l'écouter parler, j'ai commencé à m'assombrir. Sans trop savoir pourquoi. En fait, je me sentais non seulement triste pour elle, mais triste pour moi. Sama était-elle mon avenir ? Était-ce moi dans dix ans ? Une jeune femme seule, qui trime le jour et pleure le soir au restaurant, parce qu'elle a bientôt 30 ans ? Bien sûr, j'exagère parce que c'est la première fois que je la vois comme ça. Mais d'une certaine manière, Sama me fait penser à *Bridget Jones*. J'ai adoré ce film. Une Bridget Jones afghane : sans le whisky, les kilos et les amants. Avec les angoisses, le boulot et les soirées télé... Égoïstement, je me suis dit que j'étais beaucoup plus entourée qu'elle, que j'avais Khala Jon, Benjamin et ma tante. Mais, comme elle, je n'ai que des amis afghans, ou rencontrés à travers

Afghanistan Libre. Et tandis que j'espère ne pas ressembler à tous ces expatriés qui restent entre eux et repartent dans leur pays comme si rien ne s'était passé, je m'aperçois que Sama est ailleurs : à la table de garçons qui ont l'air beaucoup plus jeunes qu'elle. J'ai l'impression qu'elle les regarde furtivement, me sourit au milieu d'une phrase pas drôle. Je sais qu'elle ne va pas trouver un mari dans cette pizzeria, alors je ne dis rien. Mais je reste songeuse. Après, nous sommes allées dormir chez sa sœur, qui est en vacances. On a dansé, chanté, regardé des photos. C'était génial. Et, tout d'un coup, j'ai compris, Sama a juste besoin d'amour et c'est aussi à ça que servent les amis.

23 août 2004

Je n'ai pas dormi de la nuit. La peur de rater mon avion. Je me suis réveillée encore et encore pour vérifier l'heure. 01.0... 02.0... 3.0... 3.8... 4.0... Et ainsi de suite. Il est 6 heures du matin. J'ai rendez-vous à 8 h 30 en bas de la maison. Je me retourne dans mon lit. J'ai hâte de partir... J'imagine pour la trentième fois la scène de mon arrivée à l'aéroport d'Islamabad : je sors de la salle des bagages, Parisienne désinvolte, bien habillée, ils me voient, leurs visages s'illuminent, je me jette dans leurs bras. Ceux de ma mère d'abord, puis j'embrasse mes sœurs et mon petit frère. Nous pleurons tous. Et rien que d'y penser, j'en ai les larmes aux yeux. Je me lève. Mes valises sont déjà prêtes. J'ai bien pris soin de ne pas oublier les cadeaux de chacun. Ça fait deux lourds bagages, que j'ai achetés exprès à Barbès, pleins à craquer. J'espère que je n'aurai pas de soucis aux douanes. 8 h 30 : Aurore est là pour m'accompagner. Ponctuelle. Fidèle. Aujourd'hui, Khala Jon est dans le Sud avec Benjamin. Ma tante Chekeba est à Bruxelles. Gabrielle est en vacances. Paris est désert. Il fait déjà chaud. Sur la route, je croise quelques silhouettes de dames courbées avec un gros sac à commissions. Elles ont l'air de sortir de nulle part et je me demande où elles vont. Il y a le bruit des éboueurs et des oiseaux chanteurs. Les trottoirs vides prennent toute la place. C'est la première fois, je crois, que je surprends Paris assoupi. Pas encore apprêté. Avec ce petit air de province qui balaye ses quartiers. Un matin d'été. À l'aéroport, j'ai tout oublié : où il faut aller, comment, j'ai même oublié mon français. Heureusement, Aurore est là, et le personnel de Qatar Airways ferme les yeux sur mon excédent de bagages. Il faut dire que je suis celle qui voyage le plus léger ! Les autres passagers ont l'air d'avoir démonté leur maison pour l'emporter. C'est l'heure des adieux. J'ai une boule dans la gorge. Je ne vais pas pleurer. Est-ce que je les reverrai jamais ? Je donne mon passeport au douanier, avec mon billet. De l'autre côté des vitres, je me retourne pour saluer Aurore une dernière fois. Et je m'en vais.

Au moment où je pose le pied dans l'avion, ma mélancolie s'envole. Je n'ai plus le cafard. Bien au contraire, je suis excitée comme une puce. Le compte à rebours des heures qui me séparent de mon arrivée et des retrouvailles peut commencer. J'ai un écran télé rien que pour moi, juste en face de mon siège. Qatar Airways est une ligne propre et très luxueuse. Seuls les passagers sont étranges. Beaucoup de barbus en tongs. Qui prient dans l'allée du milieu. Manque de chance, à côté de moi, il y a un père avec son bébé qui a décidé de hurler d'entrée de jeu. J'en suis fatiguée d'avance. Nous atterrissons au Qatar plus tôt que prévu. La porte de l'avion s'ouvre et je sens mes lunettes se couvrir instantanément de buée. Le ciel transpire et il pleut de l'eau chaude tant la température est élevée. Quelle chaleur ! Les quatre heures de transit me paraissent une éternité. Je suis la seule stupide Afghane au milieu d'une nuée de Pakistanais. Certains tentent de m'aborder, je retrouve mes vieux réflexes d'antan, cette manière d'aboyer comme un roquet, de les rabrouer, tout en baissant la tête pour ne pas avoir l'air effrontée. Je déteste. Des mères de famille sortent leur déjeuner. Je décide de ne rien manger. Contrairement à l'aéroport de Roissy où tous les vols sont clairement affichés, ici, je ne comprends rien à ce qui est écrit. Finalement, nous rembarquons. Direction : Islamabad, Pakistan. La dernière heure du vol me paraît interminable. Plus longue que l'année écoulée. Je scrute le moindre mouvement du petit avion qui indique notre parcours sur mon écran télé. Mais ce sont toujours les mêmes noms de villes qui demeurent affichés. J'en ai assez. Je suis déjà allée deux fois aux toilettes me laver les dents, me recoiffer. Quand est-ce qu'on arrive ? Je regarde par le hublot, mais je ne vois rien à cause des brumes de chaleur. Enfin, le steward nous demande de relever nos tablettes et nos sièges. Ça y est, ça y est ! Je suis surexcitée. Dès que l'avion est au sol, je ne touche plus terre : j'enlève ma ceinture et me lève. À la seconde où je franchis la porte de l'avion, je la sens se plaquer contre moi et m'envelopper : la moiteur, l'odeur d'épices et de poussière mélangée à la sueur. Je suis bien arrivée. Mes vêtements me collent et ne me quittent plus comme pour me souhaiter la bienvenue. Reste encore le passeport. Une heure à poireauter dans la salle bien pourrie réservée aux étrangers. Essuyer le regard du douanier qui n'aime ni les Afghanes ni son métier.

Personne ne m'aide à porter les bagages qui me font transpirer davantage. La porte qui s'approche. Le chariot qui traîne. Je prends l'air dégagé. Je les vois, au loin, mon ventre se noue, je me retiens : ne pas pleurer, ne pas hurler, les laisser venir. Ils ne regardent pas dans la bonne direction. Par là ! Je crie juste pour moi, mais aucun bruit ne sort de ma bouche. Ma mère tourne les yeux. Voilà. Ils vont se poser sur moi. Ils se rapprochent. Ils arrivent à ma hauteur...

Ma mère ne m'a pas reconnue. Mes sœurs et mon frère non plus. Ils m'ont balayée du regard comme une poussière, traversée comme une revenante, une étrangère. Du verre se brise dans ma poitrine, me coupe la respiration. Alors je lève un bras pour ne pas couler tout à fait. Qu'ils me sauvent. Le mouvement dans la foule capte l'attention de mon frère, son visage s'illumine, ses yeux brillent et me repêchent in extremis. Tout le monde se précipite. M'embrasse. Je me noie dans les pleurs de ma mère. Fixe attentivement mes sœurs et mon frère. Mon Dieu, comme ils ont changé !

24 août 2004

Il est 6 heures du matin et il fait déjà lourd. Le mois d'août au Pakistan est un des plus chauds de l'année. Environ 35 degrés. C'est là qu'il pleut le plus aussi. Le mélange des deux est assez détonant. Le matin, le ciel est d'un bleu distant, étincelant, encore frais. Mais, très vite, l'incroyable taux d'humidité se charge de le ramener sur terre. Comme un vieillard accablé par la fièvre, il pâlit, vire au blanc, puis au gris. Il sue, s'affaisse, devient familier. Et il faudra le fuir ou le supporter comme tel jusqu'à la nuit tombée. À peine ai-je franchi les portes de l'aéroport que je retrouve le temps : cette masse cotonneuse qui fait que tout, ici, marche au ralenti. Ma famille est venue me chercher en taxi. J'imagine les heures de négociation que ça a dû demander. Ma mère, mes deux sœurs, mon frère et moi : nous sommes cinq à nous entasser dans la vieille Peugeot jaune. Sans compter le chauffeur et mes bagages. Le cuir plastifié me colle aux fesses, l'odeur de diesel me prend à la gorge, j'ai mal au cœur. C'est parti. La route est longue jusqu'à Islamabad. Et plate. Malheureusement pour le chauffeur qui, à la moindre descente, coupe son moteur pour économiser de l'essence... Il y a encore quarante ans, la capitale du Pakistan n'existait pas. Il n'y avait là que de la mauvaise herbe cultivée par des paysans misérables, et broutée par leurs chameaux faméliques. Le Pakistan, qui signifie « Terre des Purs », et qu'on suppose être une contraction de Punjab, Afghan, Kashmir, Sind et du mot *stan* (« terre »), ne fut reconnu qu'en 1947 par l'Empire britannique, contraint d'abandonner ses colonies une à une. L'idée d'un État musulman indépendant de l'Inde était née en 1930 dans la tête du philosophe et poète Mohammed Iqbal. Mais elle ne vit le jour qu'après guerre, au moment de l'indépendance de l'empire des Indes dont la partition donna naissance au Pakistan et à l'Inde (douze millions de personnes sur les routes entre les deux pays), et fut la cause de nombreux autres conflits dont certains perdurent encore aujourd'hui. Dans les années 50, il fallut lui trouver une capitale. Jugeant Karachi trop éloignée, Peshawar trop dangereuse, et Lahore trop proche de l'Inde, le gouvernement pakistanais décida de construire de toutes pièces une ville nouvelle. À la fois proche de la vieille Rawalpindi, ex-cantonnement britannique, non loin des montagnes dont la seule évocation suffit à vous rafraîchir les idées, et sur la route qui relie Kaboul à Delhi. Son nom, Islamabad, annonce clairement la couleur : le Pakistan, avec l'Arabie Saoudite, est le seul pays au monde bâti sur l'idée d'un État cent pour cent musulman.

Comme d'habitude on ne sait pas s'il vaut mieux ouvrir ou fermer les fenêtres du taxi. Laisser rentrer l'air chaud ou suffoquer ? Le chauffeur qui fume sans nous demander a opté pour la première solution. Je tiens mon foulard d'une main, j'ai perdu l'habitude d'avoir un voile sur la tête. Et je trouve ça aussi incongru que lorsque je suis arrivée à Paris et qu'il m'a fallu l'enlever. Peut-être plus. La voiture saute dans tous les sens. Une fois qu'on a quitté la route de l'aéroport, les voies sont bourrées de trous, de bosses et d'obstacles en tout genre. On croit entrer dans la ville. On en ressort. On traverse un pâté de maisons, petits immeubles tout en béton, couverts de puissants bougainvilliers, et l'on se retrouve dans un nouveau terrain vague ratiboisé. Parfois, c'est une décharge à ciel ouvert, parfois un champ cultivé par des vieux paysans burinés qui parlent une langue enterrée. Car Islamabad n'a ni centre ni axes principaux. C'est un éclatement de quartiers, qui, par esprit de contradiction, se recroquevillent autour d'un supermarché dont ils portent le nom. Une ville totalement déboussolante, une idée plus qu'une cité, un concept sans cœur, dont les rues et les avenues écrasées par la chaleur égrènent péniblement les lettres de l'alphabet – dans un sens qu'elle seule connaît ! Nous croisons des Afghanes qui sortent d'une boutique climatisée. Je les distingue au premier coup d'œil, contrairement aux Occidentaux qui n'arrivent pas à faire la différence entre une Kabouli et une Islamabadi. Elles ne portent pas les mêmes vêtements, sont moins maquillées, leur peau est plus claire. Parfois, je me trouve mate comme une Paki et je me dis que c'est parce que j'ai grandi ici. La nourriture a déteint sur ma figure. Elles se font embêter par une grappe d'écoliers en uniforme bleu et blanc qui se rendent au lycée. Ils ricanent, les toisent ostensiblement, se mettent en travers de leur route. Il y a du monde dans les rues à cette heure-ci. Je suis étonnée de ne pas voir un Blanc, pas un beur, pas un jaune, pas un noir, rien que des Pakistanais qui marchent au pas. C'est la première fois que je me fais cette remarque et la consanguinité plus que la chaleur me monte à la tête. On étouffe ici ! Mais autre chose me dérange : il n'y a quasiment pas de femmes par rapport à Paris. Celles que je vois rasent les murs, se font oublier à l'étal d'un marché, disparaissent entre deux maisons comme happées par une ruelle aux bras de béton. Finalement, après une heure de route dont la moitié passée à indiquer le chemin au chauffeur (malgré nos indications, rien à faire, il se perd. Il faut dire que les avenues, bordées de grands eucalyptus, se ressemblent toutes), nous approchons. Je reconnais mon école, plantée au milieu de nulle part, entourée d'un petit muret censé l'abriter des regards. Mon chemin de goudron qui longe indifféremment les squares et les baies vitrées marronnasses des cybercafés. Les immeubles inachevés qui brandissent leurs poutres comme des os cassés et les balcons qui font la part belle aux antennes paraboliques tournées vers le satellite. Mon supermarché. La boutique de fruits et légumes introuvables à Paris. Ma rue. Ses arbres maigrelets, ses petites maisonnettes de poupées, ses fleurs qui poussent un peu n'importe comment donnant l'illusion de jardinets luxuriants. Les chiens aboient. Le taxi passe. Tout le monde nous regarde.

24 août 2004

« Tu as rajeuni. » Ce fut la première phrase de ma mère. « C'est peut-être les lunettes » fut la seconde. Je n'ai rien répondu. J'ai tellement de choses à leur raconter que je ne sais par où commencer. Pour combler le silence, maman me fait visiter la maison dans laquelle ils ont emménagé l'été dernier. Rien n'a changé par rapport à notre ex-maison. Je veux dire, hormis la bâtisse et la couleur des rideaux, tout est pareil. Simple et propre. La pièce à vivre, la chambre de ma mère, la petite cuisine, la cour arrière, la salle d'eau et la chambre de mon père. Des monceaux de vêtements recouvrent son lit. La seule armoire de la maison, qui repose face à son lit, est ouverte, à moitié vide. « Où est-il ? » Pas là. Mon père est parti pour trois mois en Afghanistan, voir sa famille. Il est censé dormir chez un de mes oncles à Kaboul, mais n'a pas appelé. Ça lui arrive régulièrement. Aussi, personne ne s'inquiète... La cuisine, les toilettes et sa chambre donnent sur la cour arrière. Mais la pièce principale et la chambre de ma mère ont pignon sur rue. Elles sont baignées de soleil. La porte vitrée est restée ouverte et seule la porte grillagée est fermée. De quoi laisser passer les odeurs de la rue, la poussière du soleil, un chat errant... Ah non ! Et décourager les intrus. Nous sommes tous assis par terre dans le salon. Chacun s'est battu pour me laisser sa place, preuve que je n'en ai plus. Kaynat, ma petite nièce, gazouille timidement dans son coin, se cache dans le chandail de sa mère, jette un œil espiègle dans ma direction. Elle fait la coquette, mais elle me craint. Naturellement, maman m'apporte des fruits et du jus d'orange sur un beau plateau en argent. Pas de thé à cause de la chaleur. Elle me parle comme à un hôte de prestige. S'excuse de la décoration. Ça me fait mal, je ne dis rien. Me voilà étrangère dans ma propre maison. Je déballe tous les cadeaux : ceux de Khala Jon et les miens. Un pantalon et un t-shirt pour mon frère, un parfum pour ma mère, des robes pour mes sœurs et un petit ensemble pour ma nièce. Tout le monde s'émerveille. Et, de toute évidence, la beauté des objets impressionne moins que leur provenance... Paris ! Ma mère, qui s'est retenue depuis deux heures, pleure à nouveau : « Désormais, c'est ma petite Yalda qui nous offre des cadeaux ! »

Je me rends compte à quel point cela m'avait manqué de ne pas pouvoir manger avec les doigts. Porter la nourriture à ma bouche. Ne pas sentir le fer contre mes dents, horrible contact dégoûtant. Pétrir, sentir, s'approprier, ingurgiter. Maman a posé sur la nappe en plastique des fourchettes et des cuillères pour faire genre. Mais je ne m'en sers surtout pas. Je ne leur fais même pas le cadeau d'un coup d'œil, histoire de ne pas l'encourager dans cette voie. J'ai envie de lui crier : « C'est moi, maman, Yal-da. » Je ravale ma phrase et, à la place, je mange. La nourriture de l'avion est vite oubliée et, ici, il y a tous mes plats préférés : salades, raviolis, de la viande, du riz parfumé... Un festin. J'ai vraiment envie de pleurer. Tout d'un coup, je repense à cette phrase que j'ai entendu répéter des dizaines de fois en France : « Dimanche, on a un dîner de famille. » Je déjeune en famille. Combien de fois en ai-je rêvé ? Maman n'en finit pas de me tendre des plats. Elle veut que je mange, encore et encore, tout ce qu'elle n'a pas pu me donner durant cette année. Je m'adosse au mur, me tiens le ventre, bois un verre d'eau glacée, qu'elle a mise au frigo. Je n'en peux plus. Il n'est que midi. À Paris, il serait déjà 18 heures. Le temps passe si vite. Maman a tiré les rideaux pour empêcher le soleil de cogner à la porte, mais a laissé la grille ouverte pour garder le petit filet d'air chaud entre le salon et l'arrière-cour.

Mon frère et mes sœurs me harcèlent de questions. À chaque fois qu'elle revient de la cuisine, maman me sert une petite phrase en français : « et voilà », « s'il vous plaît », « comment allez-vous ? ». Je note qu'elle a parfois du mal à se déplacer. Elle est toujours aussi belle, avec ce port de reine, ses grands yeux noirs écartés. Cette manière de se tenir droite, le cou naturellement altier, les cheveux relevés, les épaules bien posées. Elle porte une tenue traditionnelle, brodée de petites fleurs, couleur ambre. Je regarde la tache en forme de larme qu'elle a sous l'œil gauche. Elle a bruni. C'est injuste de voir le temps épargner les Occidentales et la charger, elle, comme si elle devait payer doublement ses soucis. Je ne sais pas à qui répondre en premier. À ma mère, c'est normal. Je lui raconte en vrac les études, Khala Jon, la solitude. Je sens qu'elle va pleurer, alors je fais volte-face : le chat, les rues sales, je ne sais quoi. Surtout, s'en tenir à des généralités. Ne pas faire la fille qui s'est éclatée au cinéma, à EuroDisney, en Bretagne, pendant qu'ils trimaient. Je suis sauvée par la sonnerie du téléphone : c'est ma sœur, Mina Jan, qui m'appelle des États-Unis. Aussitôt suivie par mon autre sœur, Gina Jan, qui veut savoir si je suis bien arrivée. Il ne manque plus qu'elles et nous serions au complet. On ne prend jamais autant conscience de l'importance de sa famille qu'en vivant à l'étranger.

Il est 2 heures du matin. La lumière est éteinte depuis longtemps déjà, mais, comme toujours, nous avons continué à parler, parler... À présent, j'entends mon frère ronfler et la respiration contrariée de ma petite nièce. Mes sœurs ont cessé leur babil. Tout est calme. Nous dormons tous dans le salon, à même le sol, sur de fins matelas et des draps qui sentent bon. Ma mère m'a proposé de dormir dans sa chambre qui possède un grand lit en dur. J'ai refusé net. Moi, toute seule, dans sa chambre, et eux cinq à côté ? L'attention me chagrine. Je pense à leur vie si différente de celle que l'on mène à Paris. À la chaleur qui m'enserre. Aux rideaux, qui me caressent la tête. J'ai envie de tous les réveiller, leur dire combien ils m'ont manqué. Et moi, est-ce que je leur ai manqué ? Ils m'ont certainement moins regrettée : ils sont tous restés ici et, quand j'ai cinq personnes à pleurer, ils n'en ont qu'une. Je suis un peu jalouse. Leur complicité, la manière de traquer mes changements, ma mère qui n'a pas arrêté de me demander si mes draps me plaisaient, si j'étais bien installée, si le ventilateur soufflait suffisamment près... J'espère que demain ils ne me traiteront plus comme une étrangère. Tout d'un coup, ma mère, qui dort avec nous, m'interrompt dans mes pensées. Elle ne trouve pas le sommeil. Et j'entends, dans la nuit, sa voix murmurer : « Je suis trop heureuse pour rêver. »

25 août 2004

Les gens sont vraiment étranges ici.

À chaque fois que nous sortons de la maison, ma mère, mes sœurs ou moi, tous les hommes nous regardent. On se dit que ça va passer en quelques enjambées, l'attrait de la nouveauté, mais non. Ce matin, j'ai pu observer leur manière de faire : ils nous repèrent, s'écartent de leur chemin pour marcher juste devant nous, se retournent brutalement et s'immobilisent net de sorte qu'on ne peut que leur rentrer dedans, sauf en les contournant in extremis et en se mangeant le trottoir. Pour marcher dans Islamabad, il faut avoir son permis de conduite ! La plupart du temps, les hommes nous frôlent, nous bousculent. Ils se fendent d'un compliment. Ou d'une insulte. Ici, on est loin du charme oriental, de la voix de miel et des yeux de velours du boulevard Barbès. À tout instant la situation peut dégénérer. La tension, comme la chaleur, est palpable. Le climat est lourd. C'est au regard près. Il n'y a pas d'âge pour mater. Étudiants ou vieillards : même combat. Aller jusqu'au coin de la rue, parcourir les cinquante mètres qui nous séparent du marchand de fruits est une bataille. C'est insoutenable. Épuisant. Pire que la chaleur.

Aujourd'hui, je suis allée au « Call center ». Des boutiques téléphoniques comme on en trouve plein dans l'Est parisien. Nous avons le téléphone à la maison, un vieux modèle des années 80, mais si je l'utilise pour appeler la France, je n'aurai plus les moyens de rentrer. Je suis arrivée en nage devant la boutique qui n'est qu'à dix minutes à pied de chez moi. Il doit faire dans les 40 degrés. Les rues fument déjà. Le ciment brut et gris souris des immeubles renvoie la chaleur comme dans un four. Il n'y a pas l'ombre d'un arbre où s'abriter et j'ai oublié mon parapluie. Car, à Islamabad, on s'abrite du soleil avec un parapluie : sombre pour les hommes, coloré pour les femmes, indispensable pour les chauves comme mon père ! Au Call center, je suis surprise de constater qu'il n'y a que des Noirs. C'est la première fois que je vois des Africains au Pakistan. Ce sont des jeunes venus d'Afrique musulmane (Somalie, Érythrée, Mauritanie, Soudan, Mali...) étudier dans des écoles coraniques. J'ai dû attendre une bonne heure avant qu'une cabine ne se libère. La ligne de Khala Jon était occupée. Un jeune homme noir dans une grande djellaba bleue, un étudiant, m'a gentiment proposé sa carte, j'ai décliné. Finalement, j'ai pu joindre Khala Jon. Quelle joie d'entendre sa voix ! L'espace d'un instant, je ne savais plus où se trouvait ma maison. À Paris, ici... Je lui dis que tout se passe bien, que tout le monde la salue, la remercie pour ses présents, etc. Et je raccroche. L'étudiant me demande où j'ai appris le français. Je lui explique que je vais à l'école à Paris, avant de me reprendre. Ici, on ne parle pas aux étrangers. Je file à la caisse. Il me suit et me propose de m'inviter. Je refuse et le contourne en le remerciant du fond du cœur. Ma mère, qui est là, assiste à la conversation en anglais sans pouvoir y prendre part. Je lui traduis vite fait. Finalement, le type me rejoint à la porte et me dit qu'il est fou amoureux de moi, qu'il veut me revoir, m'épouser, qu'ensemble nous parlerons anglais. Quoi de plus naturel qu'un étudiant exilé avec une étudiante qui vit à l'étranger ? En me déblatérant tout ça, je l'observe qui note fébrilement son numéro de téléphone sur un bout de papier. Si je ne veux pas me marier, nous pouvons rester amis, s'appeler, parler...

Je n'en reviens pas. Ce garçon m'a vue une seconde et demie et il me veut pour la vie. Tout ça devant ma mère qui, heureusement, ne peut pas saisir l'insanité de cette scène. J'ai envie de lui hurler dessus qu'il ne me connaît pas, qu'il doit être très fort pour nourrir des sentiments aussi élevés en un temps si réduit, et qu'il me fait honte devant les miens. Je ne suis pas le genre de fille qu'il croit, et c'est m'insulter que de me faire pareille proposition alors que j'ai été tout ce qu'il y a de bien élevé avec lui, allant même jusqu'à lui répondre – ce à quoi je n'étais pas obligée. Je suis furieuse. M'humilier de la sorte, le jour de mon grand retour dans mon quartier ! Mais je me contiens. Je lui adresse la parole le plus gentiment du monde, avec le maximum de respect, de distance et de fermeté que je peux trouver. Hélas, dis-je d'un ton neutre, je suis bien trop occupée par mes études pour me consacrer à autre chose. Je le salue et je tourne les talons. Ma mère me regarde d'un air interrogateur et me demande ce qu'il veut, je l'empoigne par la manche de sa veste et lui explique qu'il ne s'agit pas d'un homme très courtois. Elle avait bien compris et a l'air fière de moi : je n'ai pas changé, malgré Paris. Peut-être, mais à Paris cela ne se serait pas passé ainsi.

Le chemin du retour fut un autre parcours du combattant. Tous ces regards, mon Dieu, j'avais oublié. Il est impossible de quitter la maison sans se battre avec au moins un homme. Et toujours aucune femme à l'horizon. Enfin, juste des ombres. Partout ailleurs, des hommes. Assis, plantés, accoudés, une jambe sur le mur, une cigarette à la main. Ça sent mauvais, et je m'en moque. Je n'ai qu'une idée : rentrer. Un vrai cercle vicieux. Les hommes n'ont même pas besoin d'interdire à leur épouse ou à leur fille de sortir. Leur attitude suffit à les en dissuader.

De retour à la maison, le téléphone sonne. Je décroche : personne. Et ainsi de suite, toute la soirée. Cela me fait sortir de mes gonds. Ce sont des hommes qui ont repéré qu'il n'y avait pas de patriarche à la maison. D'habitude, les femmes d'une même famille ne sortent jamais sans escorte – un frère, un mari, un père. En Afghanistan, celles qui ont recommencé à travailler viennent parfois au bureau avec leur conjoint qui, lui, ne fait rien. Il s'assoit dans un coin, lit le journal, attend et, le soir venu, rentre peinard avec son gagne-pain ! Là, le voisinage a dû s'apercevoir que maman marchait toujours seule ainsi que ses trois filles. Mon père est parti depuis un mois, et, de toute façon, quand il est là, il ne sort pas. Mon frère est encore un peu jeune pour en imposer réellement. Résultat : régulièrement, des types appellent pour vérifier qu'aucune voix masculine ne répond, puis nous harcèlent pour tenter d'entamer la conversation. Furieuse, au cinquième coup de fil anonyme, j'ai appelé l'opérateur pour connaître le numéro du dernier correspondant à m'avoir téléphoné. Vous savez ce qu'il m'a dit ? « Comment tu t'appelles ? » Il voulait qu'on devienne amis !

26 août 2004

Je n'en reviens pas de voir ma petite sœur se balader dans la rue en jean avec une ample chemise sur un t-shirt et sans foulard pour couvrir ses longs cheveux noirs. Elle m'explique que ça lui arrive et qu'elle se fout des regards. Elle a l'habitude. Hosay veut poursuivre ses études à Paris. Pour elle aussi, une demande de bourse est en cours. Si tout se passe bien, elle pourra venir me rejoindre dans un an ou deux. Elle a tant changé. Elle est plus grande que moi. Porte les cheveux jusqu'aux fesses, alors que je les ai beaucoup coupés. Elle suit des cours de français et a progressé. C'est une fille saine, souriante, curieuse, bien élevée, mais qui sait aussi se défendre. Avec deux ans de moins que moi et une taille de plus, Hosay se sent obligée de me protéger dans la rue. Elle fait la circulation. C'est mignon.

Ma grande sœur Mariam, en revanche, c'est une autre histoire. Elle a repris des formes. Mais elle a cessé de dévorer tout ce qui traînait pour manger normalement. Elle n'a plus peur de manquer. De nous toutes, c'est elle qui ressemble le plus à maman. Elle a son visage rond, ses grands yeux écartés, son nez aquilin. Mais sa vie en Arabie Saoudite lui a laissé à jamais des cicatrices. Elle s'est coupée du monde, pour mieux s'occuper de sa petite fille. Ma mère est sa maison et ma nièce son jardin secret. Toute la journée, elle lui donne à manger, à boire, la soigne, lui apprend à marcher, à lire, à jouer... Kaynat est devenue son unique raison de vivre. Mais que fera-t-elle après ? Il faut dire que ma nièce, à son arrivée, pesait à peine plus qu'un courant d'air. Les carences alimentaires, l'hygiène déplorable, l'absence de soins dont ma sœur avait été victime durant toute sa grossesse avaient affecté sa santé. Au point de la mettre en danger. Désormais Kaynat va mieux. Ses petites pattes de crevette supportent vaillamment sa grosse tête, qui paraît parfois légèrement disproportionnée et l'entraîne de côté. Elle qui était peureuse, chétive, geignarde, s'intéresse aux autres, ne pique plus de crises de nerfs et minaude devant les invités. Mais Mariam, elle, est passée de l'autre côté. Comme si elle avait grillé ses cartouches, et attendait de retourner à la poussière. Plus rien ne l'excite vraiment, elle n'a plus cette curiosité que je peux lire dans les yeux d'Hosay. Elle a peur de l'extérieur, qui, à force, l'indiffère. Elle se sait condamnée par une société qui ne tolère pas les femmes seules, sauf si elles sont veuves. Alors, elle se replie. Maintenant qu'elle a remis sa fille dans le cours normal de l'existence, elle se conduit comme si sa vie était derrière elle. Le problème, c'est que Mariam a 21 ans. À 21 ans, en France, on est une enfant. On a une deuxième chance.

Mon petit frère Matin, lui, est très éveillé. Non pas que Mariam soit éteinte, mais elle est absente. Il sait tout sur tout. La composition de l'équipe du PSG. Les bons résultats de Thierry Henry, son héros, à Arsenal.

La retraite de l'équipe de France de Zidane. Mais aussi des trucs beaucoup plus saugrenus et plus pointus, comme les avantages ou inconvénients de l'abonnement Orange, la nullité d'un film qui n'est même pas encore sorti en France ou la dernière déclaration de Chirac. Je me demande d'où il sort tout ça. Entre le satellite et Internet, il en sait souvent plus que moi. Comme tous les garçons de son âge, 12 ans, il a une mémoire phénoménale. Mais il est aussi très spirituel. Hier, il m'a demandé pourquoi je portais des lunettes. Je lui ai répondu qu'en France tout le monde en mettait. Du tac au tac, il m'a sorti : « En France, tout le monde fume aussi. » Ça m'a fait rire, je ne m'y attendais pas. Ce matin, je suis allée avec lui au cybercafé. Seul hic : j'avais complètement oublié mon foulard. L'habitude. Là, je l'entends dire de sa drôle de voix éraillée : « Si tu y vas tête nue, c'est moi qui vais me couvrir de honte. » Non pas qu'il soit particulièrement traditionaliste. Mais si ses copains de lycée le surprennent avec sa sœur fraîchement rentrée de l'étranger et sans foulard, ça va barder. Mon petit frère est obsédé par l'idée d'assurer. Il porte son jean bien large qui lui tombe jusque sous les fesses, des baskets, un t-shirt et une casquette. Il refuse catégoriquement que ma mère l'accompagne où que ce soit, ou d'enfiler une chemise bien repassée. Il regarde les films américains et les clips sur MTV India. Les garçons sont tous les mêmes. Je ne le trouve finalement pas si différent de Benjamin.

Je ne me lasse pas d'observer ma famille. J'aimerais les manger, tant ils m'ont manqué ! Pour fêter mon retour, je les ai tous invités au restaurant chinois. Ma mère, mes deux sœurs et mon petit frère. Une première ! Au départ, ils n'ont même pas voulu franchir le pas de la porte. J'ai insisté. Quand on s'est assis, ils ont prétexté ne pas avoir faim : la chaleur, l'émotion, etc. Ça m'a serré le cœur. Je savais très bien qu'ils disaient ça pour ne pas me faire dépenser d'argent. Et, tout d'un coup, je me suis revue à Paris, cherchant des yeux le plat le moins cher (la salade ? un dessert ?) sur des cartes sans fin. Je leur ai conseillé de choisir le menu. Ils ont pris le plus léger, alors j'ai commandé moi-même pour tout le monde. De toute évidence, ils ne se sentaient pas très à l'aise. Ils n'ont pas l'habitude d'utiliser des couverts, ni de s'asseoir sur une chaise. Spontanément, ils ont tous choisi la fourchette et la cuiller, mais ont délaissé le couteau. La nourriture n'était pas terrible. Un mélange sino-pakistanais. Mais Hosay semblait emballée. Ce n'est pas tous les jours qu'on va au restaurant. Après la commande, elle s'est pris les pieds dans sa serviette en se levant de sa chaise pour aller aux toilettes. Heureusement, peu de gens l'ont vu. Elle s'en est sortie, le pantalon un peu sale mais l'honneur sauf. Là, je crois qu'elle commence à digérer l'affront. Je vais pouvoir aller régler l'addition.

27 août 2004

Il fait chaud. Depuis ce matin, les invités défilent dans le salon pour souhaiter à ma mère *tcheshm roshani*, un genre de « félicitations ». C'est une tradition d'apporter des fruits et des bonbons lorsqu'un membre d'une famille revient d'un long voyage. Je ne connais pas la plupart de nos hôtes, mais j'en ai marre qu'on me pose les mêmes questions : alors, c'était comment ? Qu'est-ce que tu as fait ? Viens nous montrer comme tu as changé... J'ai l'impression d'être une bête de foire. À nouveau. Un animal exotique qu'on vient voir. Comme si la France m'avait transformée en grande blonde ! C'est étonnant, car je ressens exactement la même chose que lorsque je suis arrivée à Paris et qu'on me présentait comme l'Afghane de service. Ici, je suis la Parisienne. Mais si je suis afghane à Paris et parisienne ici, où suis-je vraiment chez moi ? À Kaboul ? Même pas. Je me suis réfugiée dans la chambre de ma mère. Au moins, j'y suis en paix. C'est là que je rédige mon journal.

Dans mon pays, il est impossible, pour une fille, de consigner ses pensées dans un cahier. Si elle le fait, c'est qu'elle a quelque chose à cacher. Et si elle a quelque chose à cacher, c'est qu'elle est amoureuse. Sinon, elle parlerait ! Logique. Je me souviens de la tête de ma mère lorsque j'ai voulu, il y a longtemps de cela, rédiger un journal pour copier je ne sais plus quelle héroïne de feuilleton télé. C'était la première fois que je la voyais vraiment fâchée. Elle m'a dit : « Si tu continues tes bêtises, je ne te laisserai plus jamais regarder la télé ! » Elle a ajouté que je ne devais avoir aucun secret pour elle. Je ne l'ai jamais oublié, car je l'ai rarement revue aussi en colère contre moi. Mais en France, tout le monde écrit. Des journaux, des livres, c'est une vraie maladie ! Je n'ai donc rien à craindre. Le premier jour, ils m'ont tous regardée rédiger mon journal : ma mère, mes sœurs, mon frère, et même ma petite nièce. Comme s'il s'agissait d'un rituel religieux auquel chacun se devait de participer. Dans le plus grand recueillement. Au bout de trois minutes, évidemment, ils ont tous repris leur conversation en m'ignorant. J'ai expliqué à maman que j'avais besoin de calme pour me concentrer. Du coup, elle est partie dans l'excès inverse : plus personne n'a le droit de rentrer dans sa chambre lorsque j'y suis. Je le regrette. À vrai dire, je n'ai plus aucune envie d'écrire. Je maudis la cloison qui nous sépare. À chaque intonation qui me parvient du salon, je meurs d'envie d'ouvrir la porte pour savoir de quoi il s'agit. Sauf là. L'intrus s'éternise. En France, au moins, lorsque quelqu'un s'invite chez vous, il prévient. Ici, non. Ce serait même contraire à toutes les règles de l'hospitalité. Si je suis au Pakistan, c'est pour voir les miens, pas les curieux qui font semblant de s'intéresser à moi tout en m'obligeant à prendre racine, seule, dans la chambre. Je suis agenouillée par terre et j'ai posé mon journal sur le lit, pile en face du tableau de La Mecque. Il est irisé, peint en fluo sur un fond de miroir, où l'on peut tenter de se regarder. Les rideaux orange sont tirés. Mais le soleil blanc se fraie quand même un chemin jusqu'à mon cahier. Il fait moite. J'ai envie de ne rien faire. Je feuillette les pages de mon journal. J'ai les mains qui suent. Ma tante m'a demandé hier soir au téléphone de me livrer davantage. Ma mère a dû se plaindre de mon mutisme. Je n'ai vraiment pas envie de parler de Paris. En réfléchissant, je gribouille une Mecque sur mon cahier. La Mecque, le mec, le Mac... À la maison, nous n'avons pas d'ordinateur et je ne parle même pas du café Internet. Il « bug » tout le temps. Dès qu'il pleut un peu fort, l'électricité saute. Sans parler des garçons qui, eux, ne sautent pas sur grand-chose et qui me jaugent comme on le ferait d'un poulet. Le soleil a disparu, il s'est dilué dans les draps gris. J'ai la tête posée de côté sur le lit. Dans l'autre pièce, j'entends toujours causer l'intrus. Je transpire. J'ai deux larges auréoles sous les bras, mais je n'ai même pas le courage de prendre une douche. De toute manière, l'eau doit être brûlante. Je mordille mon crayon dans un semi-coma, je n'ai toujours rien écrit. Dehors, j'entends le vent souffler. Espérons que l'orage ne nous loupe pas. Ce serait trop beau. La porte claque. Elle est partie. Ouf, on peut respirer. Je sors de la chambre pour m'affaisser direct sur les matelas. Mon petit frère a allumé la télé. C'est la seule activité envisageable. Je me délecte de ces moments passés tous ensemble à tuer le temps. Mon frère a déjà vu trois fois le film et en connaît les dialogues par cœur. C'est une histoire d'amour contrarié qui se finit en chanson dans les montagnes suisses comme 97 % des productions indiennes. Je repense au poster du Cervin sur les murs de l'ambassade du Pakistan à Paris. Je comprends mieux le fantasme. Gabrielle m'a raconté qu'elle s'était retrouvée un été dans un petit train qui l'emmenait sur un haut glacier suisse avec des centaines d'Indiens. Comme il se doit, plus le petit train montait, plus il faisait froid. Si bien qu'à chaque arrêt, les Indiennes, couvertes de leur seul sari, grelottaient un peu plus. Une fois arrivés au sommet, ils sont sortis du wagon tout endoloris. La plupart posaient un pied sur la glace pour la première fois. Ils pesaient chacun de leurs pas gourds et se déplaçaient comme des petits vieux traînant leurs pieds, s'accrochant à la moindre barrière. C'était un drôle de spectacle que de voir tous ces Indiens de la bourgeoisie, légèrement replets, la casquette Nike de travers, se prendre en photo avec le bout du nez qui gèle, et les vieux qui glissent, sur un glacier suisse à des milliers de kilomètres de leurs terres. Mais visiblement, ça n'était pas une première puisque la seule cafétéria des lieux sentait l'épice à cent mètres et s'appelait « Bollywood Café », du nom parodique des célèbres studios de cinéma indiens. J'ai pensé avec nostalgie au glacier. L'orage a enfin éclaté. Et, avec lui, les plombs. Plus de télé.

3 septembre 2004

Je ne me sens pas très bien. Je n'ai même plus la force de parler. Je me demande comment font Hosay et Matin pour aller tous les jours à l'école par cette chaleur. Je n'ai rien à faire. De toute façon il n'y a rien à faire. Ce que les hommes ne nous interdisent pas, le temps s'en charge. Je m'ennuie. Alors j'ai décidé de cuisiner un repas chinois. J'ai dressé le tapis à la mode occidentale : assiettes, couteaux, fourchettes, verres, serviettes, etc. Maman m'a répété que j'avais beaucoup changé. Tout comme Mariam, Hosay et Matin. D'après elle, mes autres sœurs « de l'étranger » n'ont pas tant évolué. Mais c'est parce que même si elles habitent loin, l'une aux États-Unis et l'autre au Canada, elles sont entourées d'Afghans. Alors que moi, toujours selon maman, j'évolue en compagnie d'étrangers érudits. Je me rends compte que, depuis mon arrivée, je n'arrête pas de les houspiller. Il faut manger comme ci, dresser la table comme ça, regarder la télé à telle heure et dans telle position. Je leur farcis la tête avec mes histoires de régime, de cuisine allégée et de diète ! Je sais pourtant combien il est humiliant de voir ses habitudes remises en cause quand on n'est plus un enfant. Je le sais pour l'avoir suffisamment ressenti avec Khala Jon et ma tante Chekeba. Et pourtant, c'est plus fort que moi. Je veux les prévenir, leur éviter ce que j'ai eu à subir, qu'on ne puisse pas se moquer d'eux, qu'ils sachent se tenir. Pour plus tard. Comme si ça n'était pas déjà le cas ! Ici, par exemple, la cuisine est passablement grasse. La moindre boulette est enduite d'huile comme si la reine de Saba la recevait en tête à tête. J'ai perdu l'habitude. Chez Khala Jon, le gras est l'ennemi public numéro un. Elle le traque jusque dans les moindres recoins. Elle épluche le jambon, dose l'huile d'olive « première pression (à froid) », élimine tous les plats en sauce au profit du poisson. Elle achète « allégé », « 0 % de matière grasse », du beurre sans beurre. Quand je lui dis ça, ma mère me regarde avec de gros yeux ronds : « De l'huile sans huile, ma fille ? » J'essaie de lui expliquer qu'on peut cuisiner sans sentir la bouffe pendant dix jours. Mais je vois à ses yeux que j'ai trop parlé et je m'en veux. Je n'arrive pas à doser. J'en dis trop ou pas assez. Sur mon année en France, je m'en suis d'abord tenue à des généralités : les études. Après tout, c'est pour ça que je suis partie et c'est grâce à ça que je pourrai rentrer un jour la tête haute. Il m'a semblé qu'il s'agissait d'un sujet digne de conversation et le meilleur moyen de prouver que je n'avais pas changé. Par ailleurs, tenir sa langue, c'est aussi écouter. Une manière de dire : vous m'intéressez, vous n'êtes pas des péquenots et je ne me prends pas pour la star du quartier. Puis, ma tante m'a demandé de me lâcher un peu. Du coup, je suis entrée dans les détails de la vie quotidienne et à mesure que je racontais la maison de Khala Jon, toutes ses facilités, les restaurants, les boutiques de vêtements, j'ai vu les grands yeux de mon auditoire s'écarquiller de plus belle. Ceux de mon petit frère, en particulier. Lui aussi rêverait d'aller à l'école, de s'acheter des fringues et des jouets (et encore, je ne lui ai pas fait l'inventaire complet de tout ce que possédait Benjamin !). « Tous les garçons de ma classe ont des jeux sauf moi », s'est-il plaint, doucement. Je ne le comprends que trop bien puisque j'ai ressenti la même chose en arrivant à Paris. Mais que faire ? J'espère un jour pouvoir accomplir tous leurs rêves. En attendant, j'ai expliqué à mon petit frère qu'il avait cinq sœurs pour le cajoler et que ça valait largement toutes les « consoles » du monde. Pour la forme, j'ai ajouté qu'en France, on avait des jouets, mais personne avec qui les partager...

Et là, troisième acte de mon drame : je me suis lancée, pour les réconforter, dans une grande diatribe anti-France. L'absence de chaleur, de lumière, de dialogue. Le fait que je rentre seule, tous les soirs, loin des miens, avec pour seule perspective de retravailler le lendemain. La saleté, la dureté, les merdes de chiens. À m'écouter, un étranger aurait pu croire que je vivais dans une cave et n'en sortais que pour croiser des zombies ou le chat qui en voulaient à mon style de vie. Le résultat de ma campagne ne s'est pas fait attendre. Depuis deux jours, à la maison, Paris a sale réputation. Ma sœur Mariam ne veut plus en entendre parler – tant mieux ! Le problème, c'est qu'elle se sent mortifiée de me savoir là-bas, alors qu'elle est ici, bien au chaud et sans travailler. « Ce n'est pas de ma faute si je ne trouve pas d'emploi, j'aimerais vraiment, m'a-t-elle dit en reniflant. Mais tu sais comme on traite les réfugiés afghans au Pakistan. » Oh là là... Je crois que j'en ai trop fait. J'ai complètement renversé la situation. Je voulais juste combler leurs manques, adoucir leurs petites frustrations, ne pas crâner, et au lieu de ça, je les ai culpabilisés de m'avoir envoyée dans cet enfer que je leur décris à grands coups de piques et de remarques enflammées. À présent, Matin et Hosay me demandent pourquoi je ne vais pas aux États-Unis ou au Canada. Là-bas, la vie a l'air moins dure, en tout cas mes autres sœurs ne s'en plaignent pas. Quant à ma mère, qui considère la France comme sa seconde patrie, sa famille de cœur, elle pleure rien que de penser à l'idée de me savoir seule devant mon plateau-télé. Maintenant, elle veut que je reste ici : « On va se débrouiller, je vais me remettre à travailler, tes sœurs aussi, dès aujourd'hui. » Il n'y a que ma petite nièce, Kaynat, qui ait l'air de trouver encore quelques charmes à la tour Eiffel montée en lampe que je lui ai rapportée. Que faire ? Leur parler du reste : la liberté de ton, l'indépendance d'esprit, les week-ends à la mer ?

9 septembre 2004

Cela fait une semaine que je ne suis pas sortie de la maison. La tension dramatique créée par mes récits est retombée. Mais l'air est toujours aussi irrespirable. La pression climatique ! À midi, dans la cour, la température avoisine les 50 degrés. Hier soir, je m'ennuyais tellement que j'ai proposé à la cantonade d'aller déguster une glace, et de pousser sur nos jambes un peu plus loin, histoire de nous dégourdir les neurones. Nous sommes allés jusqu'au supermarché, puis nous sommes revenus. Super-balade ! Il y a quatre ans, nous nous promenions à la nuit tombée, mais les temps ont changé. Les lieux sont devenus moins sûrs et les badauds plus rares. Le 11 septembre, l'assassinat de l'otage américain Daniel Pearl à Karachi, les attentats dans tout le Pakistan, sont passés par là. La plupart des étrangers ont quitté la capitale. Ceux qui restent ne sortent pas de leur quartier. Quant aux femmes, ce ne sont jamais que des étrangères sans ambassade. Nul ne les protège. Aussi ont-elles tout intérêt à rester recluses.

Maman s'inquiète pour Mariam. Ma sœur aînée a l'air heureuse. Elle joue toute la journée avec sa fille comme si elles avaient le même âge et partageaient la même insouciance. Mais sur les photos, son regard grave me saute aux yeux. Chaque jour de ce bonheur volé, caché, calfeutré, est peut-être le dernier. Mariam le sait. Son mari refuse de lui accorder le divorce. Il réside toujours en Arabie Saoudite, mais peut surgir à tout instant sur le pas de la porte et réclamer son dû. Sa fille. La mère et le frère de son mari vivent à Peshawar. La seule chance de Mariam tient au sexe de son enfant : elle a accouché d'une fille. Si elle avait donné naissance à un garçon, il est probable que sa belle-famille l'aurait déjà récupéré. Combien de temps peut-elle tenir dans cette situation ? C'est la question qui taraude ma mère et toute la maison. Mon père, comme à son habitude, ne fait rien pour nous aider. Je n'en attendais pas moins de sa part. Après tout, son gendre est le petit-fils de son frère ! Les mariages consanguins sont très appréciés chez nous, cela permet d'agrandir la famille et de ne pas dilapider son capital. Et un petit-fils respecte et redoute l'avis de son grand-père. Mais mon père n'en a cure. Il pourrait obtenir le divorce via son frère. Il s'y refuse. Il tolère la présence de ma sœur sous son toit, mais la juge insultante, et menace régulièrement de la renvoyer chez sa belle-mère. Peu importe que celle-ci la torture, la prive de nourriture pendant plusieurs jours ou la maintienne en esclavage. Si ma sœur retourne là-bas, elle sera traitée comme une bonne tout juste capable de faire douze enfants à un mari qui l'ignore. Je ne laisserai jamais Mariam souffrir comme les autres Afghanes. Nous partageons tous nos repas aujourd'hui, ça n'est pas pour qu'elle crève de faim demain ! Le paradoxe, c'est que Mariam ne sait pas ce qui est pire : avoir un si mauvais mari ou rester seule toute sa vie. Elle se trouve punie, elle qui imaginait son bonheur à travers un schéma traditionnel, celui de l'épouse comblée trônant au milieu de sa fratrie. Au lieu de ça, la voilà condamnée à attendre la bonne volonté d'un homme qu'elle n'a pas vu depuis plus de deux ans, qu'elle a eu une fois au téléphone et que sa fille appelle depuis peu *baba*. Papa. Elle garde au chaud un petit espoir de regagner son nid et j'en veux doublement à son mari. À vrai dire, depuis qu'elle sait articuler ces deux syllabes, ma petite nièce appelle tout le monde *baba*. Comme un chiot encore aveugle qui renifle tous les quadrupèdes qu'il croise dans l'espoir de se cogner à sa mère. Elle nomme ainsi tous les étrangers, en attendant qu'un jour il lui réponde et la prenne dans ses bras. La pauvre, si elle savait... Il ne la reconnaîtrait même pas ! Quel genre de père vit loin de son enfant pendant deux ans ? Je repense à mon oncle Zaman et ma tante Eva qui ont divorcé en France si simplement. C'est injuste. Ici, les lois du divorce sont faites par des hommes pour les hommes. Sans ce bout de papier accordé par son mari et qui les dit séparés, ma sœur ne pourra plus jamais se remarier. Elle est frappée du sceau de l'infamie. C'est une intouchable. Une mauvaise femme qui doit mériter ce vilain destin. Le pire serait que Mariam rende les armes. Je la vois, elle aussi, raser les murs et saisir tous les prétextes – la chaleur, sa fille – pour ne pas avoir à sortir. C'est ma mère qui s'occupe des démarches administratives et des courses. Mariam repasse, lave, cuisine. Tout ce qui a trait à l'intérieur. Elle est pâle, sa peau sent le renfermé. L'autre jour, chez le couturier où je déposais des tissus pour Khala Jon et ma tante, je l'ai observée rester en retrait, ne pas parler, baisser les yeux. Une parfaite muette ! Elle préfère faire un détour ou marcher en plein soleil plutôt que d'avoir à passer devant un groupe d'hommes. Elle a peur. Ça craint. Elle me dit que les hommes ont un regard mauvais. Certes, mais du coup, c'est elle qui change de trottoir. Elle se comporte en victime. Comme si elle était en faute. Et préfère déguerpir plutôt que de se dresser et se battre. Je sais qu'il est extrêmement difficile de vivre dans ce genre de société, où une femme, qu'elle soit un objet de convoitise, de haine ou de mépris, reste un objet, mais ça ne veut pas dire qu'il faut se tenir en marge de la vie. S'enterrer vivante. C'est leur donner ce qu'ils veulent. Voilà ce que fait Mariam. Et cette horrible torpeur n'aide ni à voir clair ni à se bouger. Au contraire, elle fait la part belle aux dictateurs, au despotisme et aux excès.

16 septembre 2004

Je suis malade. Alitée. En France, on m'aurait déjà envoyée voir le médecin. Ici, quand j'ai évoqué l'éventualité d'aller voir quelqu'un, tout le monde m'a ri au nez. Comme pour Matin, l'autre jour, qui avait mal aux yeux. J'ai proposé d'aller voir l'ophtalmo. Au lieu de ça, maman lui a mis de l'ail sur les paupières. Matin et Hosay regardent un film indien gay et lesbien. Je peux les observer par l'entrebâillement de la porte en train de scruter l'écran de télé, la bouche grande ouverte, une main portée dessus exprimant leur stupéfaction. Ma mère m'apporte des fruits et de quoi boire toutes les cinq minutes. Elle s'occupe de moi. Mariam m'a demandé si j'avais déjà croisé des homosexuels à Paris. Je suis contente que la mode « gay » arrive jusqu'ici. Je n'ai pas osé lui répondre qu'à Paris, il y a un quartier gay, un maire gay, une journée gay, des programmes de télé gay, et que les gays réclament le droit de se marier et d'adopter des bébés comme tout le monde. En ce sens, la communauté gay se pose en nouvelle garante des valeurs traditionnelles et bourgeoises, chères aux Afghans, telles que le mariage et les enfants. Un vrai retournement de situation !

Je me retourne dans mon lit. Dans une semaine, il faudra partir. Je n'en ai pas envie. Ça me rend malade. Le compte à rebours a commencé : ce soir, ça ne fera plus que six jours... Je me sens chez moi, ici. Pas à Islamabad, au Pakistan. Mais dans ce petit bout de maison, bien au chaud, à l'abri. Loin du monde extérieur, des soucis, des responsabilités. Avec ma mère qui me soigne, et me protège. Je pense à mon père. Il paraît qu'il va bien. Il rentre dans deux mois. Cela fait deux ans que je ne l'ai pas vu. Je ne suis plus à une année près... En arrivant, j'étais un peu déboussolée : je croyais retrouver les miens tels que je les avais laissés. Statufiés. Bien sûr, je me disais que Matin et Hosay devaient avoir grandi... Mais tout avait changé : eux, moi. À présent, j'ai retrouvé mes habitudes, ma place de grande sœur. Parce que même si je ne suis pas l'aînée, j'ai toujours aimé prendre les choses en main, comme me l'a discrètement rappelé Mariam, qui, sous un air de ne pas y toucher, ne loupe jamais rien. Déjà, pour aller à l'école, c'est moi qui choisissais le chemin, qui rabrouais les importuns. J'étais directive.

Plus je vois le gouffre se creuser entre Mariam et Hosay, qui n'ont pourtant que cinq ans de différence, plus je pense que l'indépendance s'acquiert par le travail et la connaissance. Et non par le mariage. À Kaboul, les femmes ont doucement repris le chemin de la vie. J'ai même eu vent de cours de conduite à l'auto-école (strictement interdits sous les taliban, mais qu'est-ce qui ne l'était pas !). Tout un symbole. Encore fragile. Bientôt, il y aura les élections présidentielles. Les premières dans l'histoire du pays. Ma mère vient de s'inscrire sur les listes électorales. Elle s'est bien habillée, a mis sa plus belle écharpe. À 47 ans, elle va découvrir ce que c'est que de voter ! Un système a été mis en place afin que les Afghans expatriés puissent participer aux élections. Y compris au Pakistan. C'est une première. À tous points de vue. Et maman ne ratera ça pour rien au monde. Elle n'a pas de candidat idéal, mais va voter pour Hamid Karzaï, le président sortant. Certains disent qu'il est le pantin des Américains. En attendant, maman dit qu'il est le seul à assurer une vague stabilité du gouvernement et à rassembler le pays, ce qui laisserait entendre qu'un jour, nous pourrions rentrer chez nous. Enfin, encore nous faudrait-il de l'argent. La vie coûte si cher, maintenant, en Afghanistan. Bien plus cher qu'ici. Bien plus cher qu'avant. L'afflux de capitaux étrangers via les ONG ou les entreprises venues remettre le pays sur pied, et le retour de la diaspora, ont décuplé le prix des loyers. Le cœur de Kaboul est devenu inabordable. Proportionnellement, le mètre carré y est plus cher qu'à New York ! Et puis, où pourrait-on habiter ? Dans la famille de mon père ? Jamais.

Si les élections se déroulent correctement, c'est-à-dire sans attentats, sans coup d'État, la situation de l'Afghanistan et des Afghanes devrait continuer à évoluer vers la lumière. J'aime cette expression que j'ai apprise chez vous et qui désigne un courant de pensée révolutionnaire, « le siècle des Lumières ». Il vous a fallu plus de cent cinquante ans, entre les Lumières et 1945, pour que les femmes obtiennent le droit de vote. Nous quittons à peine le Moyen Âge, l'obscurantisme, et la condition des femmes dépend entièrement de la capacité que nous aurons à sortir mon pays du passé.

C'est pourquoi il faut continuer à encourager les bonnes volontés, les aides humanitaires, les entreprises culturelles. Mais il faut aussi à tout prix relancer l'économie. Pour toutes ces raisons (et peut-être à cause de la fièvre !), je me verrais bien travailler au ministère de l'Économie, plutôt que de faire de l'humanitaire et suivre l'exemple de ma tante que j'admire tant. Je trouve que c'est plus de mon temps. Ma tante, en rentrant au pays, n'a eu d'autres choix que de pallier les besoins les plus urgents, de remédier à l'immense misère causée par des années de guerre, d'oppression, de famine, et d'aider à la reconstruction. Mais moi, tout en continuant à l'assister, je voudrais travailler dans un contexte plus normal. Et puis j'aimerais gagner ma vie ! Ça doit être si bon de ne pas dépendre des autres. Je voudrais prendre les miens en charge comme le fait déjà ma tante Chekeba. Avant mon départ, elle m'a confié une enveloppe pour maman pleine de billets, je crois.

Je n'ai pas envie de partir.

Je n'ai pas envie de partir...

23 septembre 2004

Mariam n'a pas voulu m'accompagner à l'aéroport d'Islamabad. Je la comprends. Elle a préféré me dire au revoir sur le pas de la porte, avec Kaynat dans ses bras. Alors que nous étions tous entassés dans le taxi, elle a saisi la main de ma nièce pour l'agiter de haut en bas en guise d'adieu. Dans le rétroviseur, sa silhouette en deuil a peu à peu disparu. Une petite tache noire, tout au plus. Une larme. J'ai fermé les yeux.

Je rentre. Je pars. Je ne sais pas ce qu'il faut dire. Je suis « en transit » dans la salle d'attente de Qatar Airways, et un Indonésien louche sur mon journal pour tenter de le lire. Il n'est pas trop tard pour faire demi-tour, prendre un vol pour Islamabad, un taxi pour la maison, ne pas les prévenir, surtout, et arriver par surprise à l'heure du déjeuner. « Je reste ! » J'imagine déjà... la crise cardiaque de ma mère. Au lieu de ça, je suis comme accrochée à mon siège. Impossible de m'en défaire.

Je n'ai pas dormi de la nuit. La tension, la peur, cette boule dans l'estomac que j'avais laissée à mon arrivée et qui a retrouvé sa place à la veille du départ. Ma mère n'a pas fermé l'œil non plus. Elle ne disait rien, mais je le sentais. C'est ce qui me manquera le plus : dormir tous ensemble, dans la même pièce, comme une nichée. Pouvoir causer jusqu'à ce que les paupières tombent, rigoler dans le noir, se blottir dans les secrets de famille. À l'aéroport, j'ai d'abord enregistré mon billet et mes bagages. Histoire de repousser le chagrin. Ma valise est plus lourde qu'à mon arrivée. Mon cœur aussi. J'ai rapporté des kilos de thé vert, des ensembles pour Khala Jon et ma tante, plus quelques cadeaux divers. Nous avons déambulé dans le grand hall, sans conviction, âmes errantes en partance à la recherche d'un prétexte pour tromper l'angoisse. Un kebab, une revue, une fleur ? Mon petit frère m'a demandé si je ne pouvais pas rester quelques jours de plus. Personne n'a rien dit. Mais la question nous a débordés. Notre joli jeu de cartes s'est effondré. Le maquillage a coulé. Ma mère s'est mise à pleurer. Ma sœur et même mon petit frère. J'ai résisté : si je craque, c'est fini. Je les ai tous pris dans mes bras. Nous formions une drôle de bête, une grosse bosse de toutes les couleurs avec plein de pattes. Une bête à bon Dieu. Une bête tout court. Une mère avec sa portée de petits placés un à un dans des pays lointains. Une mère qui se défait de ce qu'elle a de plus cher, dans l'espoir d'offrir à ses enfants une vie meilleure. Ailleurs. C'est le destin de tous les réfugiés : donner une chance à sa progéniture. On n'a plus que ça à donner, de la chance. On n'a plus que la peau sur les os, mais tant que le cœur bat, on se dépèce, on se défait de la chair de sa chair. Quand on part, la première fois, on ne sait pas. Selon l'âge, on est curieux, inconscient, déchiré ou révolté. J'ai vu des enfants séparés de leurs parents hurler, regarder leur mère dans les yeux, l'air de dire pourquoi tu me fais ça. Et des mères prendre l'air dur, répéter inlassablement à leur progéniture : « Un grand comme toi ne pleure pas » et s'en retourner pleurer jusqu'à la fin de leur vie. Certains ne se sont jamais revus. J'ai la chance de ne pas en faire partie. Je suis restée au chaud jusqu'à l'âge de 15 ans. J'ai quitté ma maison heureuse. Je ne savais pas quelle tournure prendrait ma vie. Aujourd'hui, là, à cet instant, dans cette salle d'attente d'un nouveau destin, je me demande si j'ai bien fait de retrouver les miens. J'ai tant de peine. Qui sait quand je les reverrai : un an, deux ans, plus ? Je ne veux pas retourner en France. Et en même temps, si je reste ici, c'est pour faire quoi ? Regarder la télé jusqu'à la fin de ma vie. Me liquéfier dans le salon. Me battre avec des inconnus dans la rue. Me fondre. Disparaître. Je ne le supporterais pas. Le Pakistan m'a montré combien j'ai changé. La France m'a dévoilée. Mais cette liberté, que j'ai tant souhaitée, me rend-elle pour autant heureuse ? C'est donc ça, être libre ? Être seule ? C'est ce sentiment que j'ai là, les fesses entre deux chaises, le cœur entre deux avions... Je regarde les horaires de vols pour Islamabad. J'ai 250 dollars sur moi. Toutes mes économies. De quoi m'acheter un billet en tout cas. Qu'est-ce que ça changera si je rentre chez moi ? Je pourrais toujours aller travailler en Afghanistan. J'entends d'ici la voix de ma tante : « Faire quoi ? Femme de ménage ? » J'appelle maman. Si ça décroche, je rentre au Pakistan. Je fais le numéro, mon cœur trépigne. Bip, bip, bip. Les lignes sont occupées. Ça ne passe pas. Le téléphone marche une fois sur dix dans ce pays ! Un coup pour rien. Je suis tentée d'appeler Khala Jon ou ma tante. Mais quelque chose me retient. Quelque chose qui monte en moi, je dois vraiment avoir la tête dans les nuages, parce que je ne vois rien venir. Ma vue se brouille, mon nez coule : je pleure. Je pleure tout ce que je sais. J'en mets plein mon cahier, je tente de l'essuyer d'un revers de manche, mais c'est pire. Les larmes d'encre tachent mes pages. S'incrustent dans le papier. Elles ne partiront jamais ! Moi si. L'embarquement pour Paris est annoncé. On peut y aller. J'en suis. Si je veux devenir ministre de l'Économie, ça n'est pas en pleurant sur mon sort, ni en restant ici !

2005

J’ai 18 ans.

Je suis en IUT de commerce international à l’université de Sceaux.

Hier, je suis allée avec Aline, ma meilleure amie, acheter un manteau en solde pour l’hiver. Il n’est pas chaud, mais il me plaît. Et il est long : je pourrai le porter en Afghanistan.

Kaboul change à la vitesse de la lumière. Hamid Karzaï a été réélu à la tête du pays. Le nouveau gouverneur de la province de Bamiyan est une femme, Habiba Sorabi.

Ma tante Chekeba est sur le point de retourner vivre là-bas. Peut-être que ma famille l’y rejoindra. Et moi aussi.

J’ai le cœur léger.

Libre.

REMERCIEMENTS

Je remercie Emmanuel et Isabelle Delloye qui m'ont fourni l'opportunité de faire des études en France, Asstin et Yves Gauffriau qui m'ont épaulée jusqu'au bout dans mes démarches.
Chantal Pouillet sans laquelle je n'aurais pas pu intégrer l'université de Sceaux.
Valérie Toranian qui a fait appel à moi pour le journal *Roz*, premier magazine pour femmes en Afghanistan.
Marie-Françoise Colombani grâce à qui mes rêves sont devenus réalité.
Benjamin qui m'a fait découvrir que j'étais jeune et parfois drôle.
Noémie Lenoir qui m'a soutenue.
Mes amis d'Afghanistan Libre : Aurore, Julie et Sébastien.
Mes éditeurs qui m'ont fait confiance : Olivier Nora et Manuel Carcassonne (qui en plus m'a accompagnée en Afghanistan).
Marion qui a su me comprendre et François qui l'a soutenue.
Mon oncle Zaman, toujours présent.
Mon oncle Daoud qui a pris soin de moi à Kaboul.
Et enfin ma tante Chekeba grâce à laquelle j'ai retrouvé l'Afghanistan.

[illegible]

[illegible]

Composition réalisée par NORD COMPO

Achevé d'imprimer en juin 2007 en Espagne par
LIBERDUPLEX
Sant Llorenç d'Hortons (08791)
N° d'éditeur : 87210
Dépôt légal 1re publication : juin 2007
LIBRAIRIE GÉNÉRALE FRANÇAISE – 31, rue de Fleurus – 75278 Paris Cedex 06

31/1804/9